유적지에서 만나는 화랑정신

유적지에서 만나는 화랑정신

글 | 박규홍
사진 | 강위원

발행 | 2017년 5월 20일
펴낸이 | 신중현
펴낸곳 | 도서출판 학이사
　　　　출판등록 | 제25100-2005-28호
　　　　주소 | 대구광역시 달서구 문화회관11안길 22-1
　　　　전화 | (053)554-3431, 3432
　　　　팩스 | (053)554-3433
　　　　홈페이지 | http://www.학이사.kr
ISBN | 979-11-5854-079-1 03810

유적지에서 만나는
화랑정신

글/박규홍 사진/강위원

學而思 학이사

화랑 정신으로 배우는 리더십

많은 사람들이 지위를 다툰다. 세상에는 많은 '자리'가 있고, 그것보다 훨씬 더 많은 사람들이 그 자리에 오르기를 원한다. 그런 희망 자체를 탓할 일은 아니다. 문제는 그런 욕구를 가진 사람들 중 다수가 그 자리에 걸맞은 마음가짐과 역량을 갖추려는 노력이 선행되어야 한다는 데에 생각이 미치지 않고 있다는 점이다.

언제부턴가 우리의 교육은 경쟁만을 부추기고 있다. 심지어 유치원 어린이 아니 그보다 더 어린 아이들을 경쟁의 대열에 뛰어들도록 내몰고 있다. 물론 그렇게 해서 키워진 경쟁의식의 결과가 모두 부정적인 것은 아니다. 경쟁을 통해 우리 사회가 이만큼의 발전을 이뤄낸 것도 사실이다. 그러나 남을 딛고 올라가기만을 재촉하는 가열된 경쟁사회는 적잖은 부작용을 낳았다. 무엇보다 지도자다운 지도자를 길러내는 데에는 실패했다.

어떤 지위에 있는 사람 혹은 어떤 지위에 있었던 사람들을 주위에서 어렵잖게 만나지만, 그 자리에 어울리는 책임의식을 갖춘 분을 만나기가 쉽지 않다. 누가 봐도 지도자의 위치에 있다고 할 만한 사람들이 제 것 챙기기에만 급급한 모습을 흔하게 볼 수 있다. 가진 사람들이 가져야 할 사회적 책임에 대해 대부분의 사람들은 무관심한 듯 보이기까지 한다. 그런 분위기 탓인지 사회 곳곳에서 저급한 이해다툼으로 비롯되는 파열음이 끊이지 않는다.

혹자는 우리는 어쩔 수 없는 민족이라는 출처불명의 자조적인 해석을 옮기기도 한다. 그러나 그건 당치 않는 이야기다. 이 한반도와 인연을 맺었던 우리의 선조들은 진작부터 나름대로의 지도자관을 수립했다. 우선 주목할 만한 것이 화랑정신이다. 이 화랑정신은 개인에게 삶의 지표를 제시해주기도 했지만, 그 사회를 이끄는 지도자들의 도덕적 의무를 일깨웠다. 화랑정신으로 충만했던 신라의 지도자들이 오늘의 우리들에게 일러주고 싶은 것을 짐작해보자면, 삼국통일에 얽힌 그들의 영웅담보다는 오히려 '지도자들이 지녀야 할 바람직한 자세'일지도 모른다.

　이 책에서는 화랑들의 피땀이 흩뿌려진 유적지에서 그 역사적 사실과 함께 오늘날의 지도자 훈련에도 여전히 유용할 수 있는 화랑정신의 의미를 짚어보고자 했다. 그간 우리가 잊고 있었던 우리 방식의 노블레스 오블리주 정신을 되살리는 데 이 글이 조금이나마 기여할 수 있었으면 하는 것이 필자의 소박한 바람이다.

2017년 5월
박규홍

2. 삼국통일을 이끈 리더십

3. 전장에서 산화한 화랑의 충혼

4. 유오지에서 느끼는 화랑의 도량

5. 화랑정신으로 배우는 리더십

1
화랑정신으로 영근 신라인의 충정

박제상
신라인의 기개와 충정

울주 율포

율포(栗浦)는 경남 울산시 울주군 강동면 정자리에 있는 작은 포구다. 5세기경에는 큰 배들이 출입했던 군사 요충지였을 것으로 짐작되는 이 포구에서, 자신이 섬기는 임금을 위해 죽을 각오를 하고 배에 올라 일본을 향해 돛을 올린 한 신라인이 있었다. 박제상! 그의 결연한 의지가 천 수백 년의 세월이 흐른 지금에도 청량한 기운으로 남아 해안에 선 나그네의 옷깃을 여미게 만든다.

신라인 박제상을 생각하노라면 '인간의 삶이란 어떤 것이어야 하는가?' 혹은 '도대체 임금과 신하는 어떤 관계여야 하는가?' '그에게 다른 선택의 길은 없었나?' 등등의 의문이 끝없이 이어진다. 사람에 따라 다양한 대답이 나올 수 있겠지만, 분명한 것은 자신의 임무 수행을 위해 서슴없이 목숨을 내어놓는 신념에 찬 행동이 이후의 화랑정신에도 고스란히 드러난다는 점이다.

박제상은 현재의 양산인 삽량주의 촌장이었다고 한다. 그가 눌지왕의 명에 따라 고구려의 인질로 있던 왕의 아우 복호(卜好)를 무사히

박제상의 충의정신이 서려있는 율포, 지금의 울주군 강동면 정자리 포구이다.

구출해 온 뒤, 또다시 왕의 뜻을 좇아 왜국에 인질로 있는 왕의 다른 동생 미사흔을 구출하기 위해서 집에도 들리지 않은 채 바로 율포로 향한다. 널리 알려진 이 이야기는 《삼국사기》에 다음과 같이 전한다.

박제상이 고구려에서 귀국하자, 눌지대왕이 기뻐하며 말하기를 "내가 두 아우 생각하기를 좌우의 팔과 같이 하였는데, 지금 단지 한 쪽 팔만을 얻었으니 어찌하면 좋을까?"하고 물었다. 제상이 "신은 비록 열등한 재목이오나 이미 몸을 나라에 바쳤으니 끝내 명을 욕되게 할 수 없습니다. 그러나 고구려는 큰 나라요, 왕 역시 어진 임금이므로 신이 한 마디의 말로 깨우치게 할 수 있었지만, 왜인의 경우는 입과 혀로는 달랠 수 없으니 마땅히 거짓 꾀를 써서 왕자를 돌아오게 하겠습니다. 신이 저곳에 가거든 청컨대 나라를 배반한 죄로 논하여, 저들로 하여금 이 소식을 듣도록 하소서!"하고 대답했다.

박제상은 이에 죽기를 맹세하고 처자도 보지 않고 율포에 다다라 배를 띄워 왜로 향하였다. 그의 아내가 듣고 포구로 달려가서 배를 바라다보며 대성통곡하면서 "잘 다녀오시오." 하였다. 제상이 돌아다보며 "내가 명을 받아 적국으로 들어가니 그대는 다시 볼 것이라고 기대하지 말라!" 하고는 곧바로 왜국으로 들어가서 마치 배반하여 온 자와 같이 하였으나 왜왕이 의심하였다.

백제인으로서 전에 왜에 들어간 자가 신라가 고구려와 더불어 왕의 나라를 도모하려고 한다고 참소하였으므로, 왜가 드디어 군사를 보내 신라 국경 밖에서 순회 정찰케 하였다. 마침 고구려가 쳐들어와 왜의 정찰병을 잡아서 죽였으므로 왜왕은 이에 백제인의 말을 사실로 여겼다. 또한 신라왕이 미사흔과 제상의 가족을 옥에 가두었다는 말을 듣고 제상을 정말 배반한 자로 여기게 되었다. 이에 왜왕은 군사를 보내 장차 신라를 습격하려 하였는데 제상과 미사흔을 장수로 임명하는 한편 길잡이로 삼아 바다 가운데의 산도란 섬에 이르렀다. 왜의 여러 장수들이 몰래 의논하기를 신라를 친 후에 제상과 미사흔의 처자를 잡아 데려오자고 하였다. 제상이 그것을 알고 미사흔과 함께 배를 타고 놀며 고기와 오리를 잡는 척하자 왜인이 이를 보고 딴 마음이 없다고 여겨 기뻐하였다.

이에 제상은 미사흔에게 슬그머니 본국으로 돌아갈 것을 권하니 미사흔이 말하기를 "제가 장군을 아버지처럼 받들었는데, 어떻게 혼자서 돌아가겠습니까?" 하였다. 제상이 "만약 두 사람이 함께 떠나면 계획이 이루어지지 못할까 염려합니다." 하니, 미사흔이 제상의 목을 껴안고 울며 하직하고 귀국하였다.

다음날 제상은 방 안에서 혼자 자다가 늦게야 일어나니 미사흔을 멀리 갈 수 있게 하려고 함이었다. 왜인들이 묻기를 "장군은 어찌 이처럼 늦게 일어납니까?" 하니, "어제 배를 타서 몸이 노곤하여 일찍 일어날 수 없다."라고 대답하였다. 제상이 밖으로 나오자 미사흔이 도망한 것을 알게 되었다. 왜인들이 제상을 결박하고, 배를 달려 추격하였으나 마침 안개가 연기처럼 자욱하고 어둡게 끼어 멀리 바라볼 수가 없었다. 왜인들이 제상을 왜왕의 처소로 돌려보내니, 왜왕은 그를 목도(木島)로 유배 보냈다가 곧 사람을 시켜 섶에 불을 질러 전신을 불태운 후에 목을 베었다.

대왕이 이 소식을 듣고 애통해 하고 대아찬을 추증하였으며, 그 가족에게 후히 물품을 내렸다. 그리고 미사흔으로 하여금 제상의 둘째 딸을 맞아 아내로 삼게 하여 보답하였다. 이전에 미사흔이 돌아올 때 왕은 6부에 명하여 멀리까지 나가 맞이하게 하였고, 만나게 되자 손을 잡고 서로 울었다. 마침 형제들이 술자리를 마련하고 마음껏 즐길 때 왕은 노래와 춤을 스스로 지어 자신의 뜻을 나타냈는데, 향악의 〈우식곡〉이 그것이다.

　고구려와 왜국에 인질로 가 있는 동생을 데려오고 싶어 하는 군왕의 뜻을 받들어, 임무 완수를 위해 자신의 목숨을 내어놓는 신하의 책임의식을 현대인들이 온전히 이해하기는 어렵다. 더욱이 남편과 작별인사나마 나누고자 애끊는 마음으로 달려온 아내를 따뜻하게 한 번 안아주고 위로의 말을 건네지도 않은 채 훌쩍 떠나버리는 매정한 그의 태도에 비난이 쏟아질 수도 있는 것이 오늘날의 정서일 것이다. 그러나 우리가 허투루 입을 대기에는 그의 기상이 너무도 준엄하다.
　《삼국유사》에는 '김제상'으로 성을 달리 쓰고 있는 등 《삼국사기》의 내용과는 조금의 차이가 있다. 《삼국유사》에는 왜왕이 왜 미사흔을 몰래 보냈느냐고 묻는 대목이 나온다. 제상은 자신이 계림의 신하여서 임금의 소원을 이루도록 해드렸을 뿐이라고 한다. 이에 왜왕이 이제 자신의 신하가 되었는데 어찌 계림의 신하라고 말하느냐고 다그치며, 만일 자신의 신하라고 말한다면 후한 녹을 내릴 것이고 그렇게 하지 않는다면 다섯 가지의 형벌을 내릴 것이라고 위협한다. 제상의 대답은 단호했다.

　"차라리 나는 계림의 개나 돼지가 될지언정, 왜국의 신하가 되지는 않을 것이오. 차라리 계림의 형벌을 받을지언정 왜국의 작록은 받지 않겠소."

왜왕은 극도의 분노로 박제상의 발가죽을 벗기고 갈대를 베어다 놓고 그 위를 걷게 했다. 그리고는 그가 어느 나라의 신하인지를 물었다. 박제상은 고통 속에서도 계림의 신하라고 대답했다. 왜왕이 그를 뜨거운 철판 위에 세우고 다시 물었다. 극심한 고통을 느끼면서도 박제상이 내뱉은 대답은 역시 '계림의 신하'였다. 왜왕은 제상을 굴복시킬 수 없다는 것을 알고 그를 목도 가운데서 불태워 죽였다.

왜왕의 회유에 답하는 박제상의 대답은 우리를 숙연하게 만든다. 왜왕은 그의 목숨을 빼앗을 수는 있었지만 그의 기개를 꺾을 수는 없었다. 비굴한 삶이 아니라 당당한 죽음을 선택한 박제상은 신라인의 자긍심이 어떤 것인가를 보여주었다. 한반도 동쪽 귀퉁이에서 고구려와 백제에 둘러싸여 고전을 면치 못하던 신라가 삼국통일의 주인공이 될 수 있었던 바탕에는 박제상이 보여주었던 이런 자긍심과 책임감이 자리하고 있었던 것이 분명하다.

부여된 임무 수행을 위해 치룬 박제상 자신의 희생은 너무나 컸다. 현대에는 어느 누구에게도 요구하기 어려운 개인 희생이다. 그러나 공익을 위해 기꺼이 자신의 온 몸을 던질 마음의 준비가 되어 있는 인재는 어느 사회든 필요하다. 신라가 삼국통일에 성공할 수 있었던 것은 이런 인력들을 화랑제도를 통해 길러낼 수 있었기 때문이다.

진흥왕
삼국통일의 기반을 마련한 정복왕

진흥왕의 순수비

신라 제24대 진흥왕(534~576, 재위 540~576)은 지도자의 역할을 거듭 생각하게 만드는 군왕이다. 진흥왕은 많은 정복전쟁에서 승리하여 신라의 영토를 크게 넓혔다. 그가 신라에 남긴 유산은 이런 표면적 업적에 그치지 않는다. 진흥왕 사후 100년, 신라는 당나라 군사까지 물리치고 삼국통일을 완성한다. 이렇게 전개된 동아시아의 커다란 역사적 변화는 그가 이룬 생전의 업적과 밀접하게 연결되어 있다. 그리고 진흥왕이 불러일으킨 변화의 중심에는 화랑이 자리하고 있다.

《삼국유사》에 의하면 진흥왕은 열심히 부처를 섬긴 왕이었다. 백부 법흥왕의 뜻을 사모하여 마음껏 부처를 받들어 널리 불사를 일으키고 도첩을 주어 중이 되게 하였다. 그러면서도 그는 천성이 풍미가 있어 신선을 크게 숭상하였다고 한다. 신라에 화랑제도가 정착하는 데에도 진흥왕의 이런 성향이 크게 작용했다.

진흥왕은 신라 안의 낭자들 가운데 아름다운 자를 뽑아 원화로 삼아서 그를 따르는 무리를 만들고, 그들 중에서 인물을 선발하고 또 효제충신으로써 가르치려 하였다. 그것이 나라를 다스리는 데 필요한 큰 일이라고 여겼던 것이다. 그러나 처음의 시도는 실패로 돌아갔다. 이때 뽑힌 남모랑과 교정랑 두 원화가 서로 시기하여 교정이 남모를 죽이는 불상사가 발생했기 때문이다. 이에 왕은 원화를 폐지했다.

몇 해 뒤에 진흥왕은 다시 명령을 내려 양가의 남자로 덕행 있는 자를 뽑아 화랑이라 부르게 하였다. 이때 처음으로 설원랑을 받들어 국선으로 삼은 것이 화랑국선의 시초라고 《삼국유사》는 적고 있다. 나라를 흥성시키고자 하면 반드시 풍월도를 먼저 일으켜야 쓸 만한 재목들을 길러낼 수 있다는 것이 진흥왕의 생각이었다. 국토 확장에 온 힘을 쏟던 진흥왕으로서는 유능한 인력 양성의 필요성을 절감했을 것이고, 그 필요성에 부응한 해법이 바로 화랑제도의 정착이었다.

화랑도의 출범 시기에 대한 기록은 자료에 따라 조금씩 차이가 있다. 《동국통감》에는 화랑도의 성립 시기를 진흥왕 원년(540)으로 기록하고 있는데, 《삼국사기》 신라본기 진흥왕조에는 진흥왕 37년에 화랑의 출발인 원화를 받들게 되었다고 적고 있다. 《화랑세기》의 기록은 또 조금 다르다. 법흥왕 때 화랑이 시작되었다는 것이다.

540년에서 681년까지의 우두머리 화랑 32명 풍월주에 대한 기록인 《화랑세기》는 그 진위에 대한 논란이 없는 바 아니지만 외면할 수 없는 중요한 자료다. 그 서문에 "법흥대왕이 위화랑을 사랑했는데, 화랑이라 불렀다. 화랑이라는 이름은 여기서 비롯했다."는 언급이 있고, 위화랑을 1세로 하여 32세까지 32인의 풍월주 전기가 이어지고 있다. 이 자료가 말하는 바와 같이 화랑이라는 이름이 법흥왕 대에 처음 등장했다고 하더라도, 화랑다운 화랑의 시작은 역시 진흥왕대부터라고 보는 것이 적절할 것이다.

진흥왕의 성은 김 씨이고, 이름은 삼맥종(三麥宗) 혹은 심맥종(深麥宗)이었다. 그는 지증왕의 손자이자 법흥왕의 아우인 입종갈문왕의 아들이고, 그의 어머니는 법흥왕의 딸 지소부인이다. 부계로 보면 큰아버지가 되는 법흥왕이 모계로 보면 외할아버지가 된다. 오늘날의 시각으로는 놀랍기 그지없는 관계이지만, 성골이니 진골이니 골품을 따졌던 신라의 왕실에서는 어렵잖게 볼 수 있는 일이었다. 6세기 중반, 한반도의 동쪽에 위치한 작은 나라 신라에서 태어나 일곱 살의 어린 나이로 왕위에 오른 진흥왕은 이후 뛰어난 영도력으로 신라의 운명을 새롭게 개척해 나갔다.

법흥왕의 뒤를 이는 진흥왕은 왕태후 지소부인의 섭정을 받다가, 왕위에 오른 지 12년째 되는 551년에 친정을 시작했다. 진흥왕은 자신이 직접 통치를 시작한 그 해에 연호를 개국(開國)으로 고치고, 본격적인 영토 확장에 돌입했다. 대륙의 끝자락 한 귀퉁이에서 백제와 고구려에 의해 수시로 압박당하며 쪼그리고 있는 신라의 처지가 불만스러웠던 그는 자신의 힘이 닿는 한 신라를 크게 일으키겠다는 생각이었다.

진흥왕은 섭정을 벗어나기가 무섭게 백제와 힘을 합쳐 고구려의 변경을 공격하여 지금의 충주와 단양 등 남한강변에 위치한 10개 군을 손에 넣었다. 대단한 전과였지만 야심에 찬 왕은 여기에 만족하지 않

북한산성의 중성문. 뒤로 인수봉이 보인다.

았다. 그는 2년 뒤인 553년(진흥왕 14), 나제동맹을 깨뜨리고 후일
김유신의 조부가 되는 김무력을 시켜 백제가 차지했던 한강 하류를
빼앗아 거기에 새로운 행정구역인 신주를 설치했다. 한강 유역은 인
력과 물자가 풍부할 뿐만 아니라 중국으로 통하는 길목이어서 영토
확장을 꿈꾸는 진흥왕으로서는 손에 넣지 않고는 배기지 못할 요충
지였다.

427년 고구려 장수왕이 수도를 평양으로 옮기고 남하정책을 본격
화하자 이에 위기를 느낀 백제의 비유왕과 신라 눌지왕이 433년에

진흥왕순수비가 발견된 북한산 비봉

상호협력을 약속한 것이 나제동맹이다. 신라가 백제와의 약속을 깨
뜨리고 백제가 점유하고 있는 그 땅을 취하게 되면 두 나라는 돌이킬
수 없는 적대관계로 가겠지만, 진흥왕은 '신라의 국익'을 위해 그것
은 피할 수 없는 길로 보았다. 서로의 국익 추구를 위해 성사된 신라
와 백제의 동맹이 언젠가는 깨어질 것인데, 자신이 그것을 바로 결행
하리라는 생각을 했을 법도 하다.

　진흥왕이 백제에 가한 충격의 여파는 매우 컸다. 진흥왕과 싸웠던
백제 성왕(재위 523~554) 역시 걸출한 임금이었다. 하지만 진흥왕

국립중앙박물관에 소장되어 있는 국보 3호 진흥왕순수비

(마모가 심하여 확인할 수 없는 부분)

眞興太王及衆臣等巡狩△之時記
△言△令甲兵之仿△△△覇主設△賞
之所用高祀西△△相戰之時新羅△王
楅德不△兵故△△建文大得人民△牛才
△是巡狩苦△△民心欲勞賚如有忠信精誠
△可加亢△以△△東路過漢誠陟
見道人△居石屈△△刻石誌辭
尺干內夫智一尺干沙喙另力智迊干南川軍主沙
夫智及干未智大奈稆△沙喙屈丁次奈
△指△空幽則水△△△劫初立造非
巡狩見△△△△△△△△△△△歲記井△△△

△는 판독되지 않는 문자를 표기한 것입니다.

진흥왕순수비 비문

에 패배한 데 그치지 않고 자신의 목숨까지 잃는 비운의 주인공이 되고 마는데, 이로 인해 백제의 왕권이 크게 흔들렸다. 왕실과 대성 8족 사이의 힘의 균형은 성왕의 죽음으로 요동치게 되고, 왕실과 귀족의 소모적 힘겨루기는 백제의 패망 때까지 이어진다. 진흥왕은 백제 성왕의 목숨을 빼앗았을 뿐 아니라 백제에 심각한 수준의 내상을 입힌 것이다.

지금은 진흥왕이 점령했을 당시의 북한산성이 어떤 모습이었는지 짐작하기가 어렵다. 인수봉, 백운봉, 만경대가 뿔처럼 솟아 있어 삼각산으로도 불리는 북한산은 서울특별시의 은평구, 성북구, 강북구, 도봉구 일원과 경기도 고양시에 걸쳐 있다. 백제의 시조인 온조가 위례성에 도읍을 정한 뒤 북한산에 어떤 형태로든 성을 쌓았을 것인데, 《삼국사기》는 백제 개루왕이 그의 재위 5년(132)에 북한산성을 축조했다고 기록하고 있다. 현재 경기도 고양시 덕양구 북한동 소재의 사적 제162호인 북한산성은 조선시대 숙종 37년(1711)에 축조된 것이다. 임진왜란과 병자호란을 겪은 뒤 도성의 외곽성을 강화하자는 축성론이 일어나 축조하게 된 둘레 7,620보(3,716m) 규모의 석성이다. 백제인들에 의해 축성된 토성에 비해 어느 정도 달라졌는지 정확히 알 수 없지만, 지금의 북한산성이 그 지정학적 중요성만큼은 분명히 입증하고 있다.

처음에 백제는 고구려의 남진을 막고자 북한산성을 축조했다. 근초고왕이 북진정책을 펼 때에는 북정군(北征軍)의 중심 요새지가 되기도 했다. 475년(개로왕 21)에는 고구려의 장수왕이 7일간에 걸친 공격으로 이 성을 함락했다. 개로왕이 전사하고 북한산성을 빼앗긴 이 전투의 패배로 백제는 도읍을 웅진성(熊津城)으로 옮겼다. 이처럼 치열한 쟁탈전이 있었던 군사 요충지가 북한산성이다. 이 성을 진흥왕이 차지하여 한강 유역의 지배권을 장악한 것이다.

진흥왕은 한강 유역 일대를 손에 넣고 북한산성의 주인이 자신임을 과시하는 순수비를 북한산에 세웠다. 마치 백수의 왕 사자가 자신의 영역을 표시하는 듯한 모양새다. 순수비 건립 시기는 신라가 이 지역을 점령한 2년 뒤인 555년(진흥왕 16)에 왕이 북한산을 순행할 때였을 것으로 짐작된다. 북한산의 순수비는 국보 제3호로 처음에는 해발 556m의 북한산 비봉 정상부에 세워져 있었으나 현재는 중앙국립박물관으로 옮겨져 보존되고 있다. 화강석으로 된 비의 높이는 155cm, 폭은 71cm이다. 오랜 세월로 비문은 거의 마멸되었으나, 1816년(순조 16)에 금석학의 대가인 추사 김정희에 의하여 진흥왕 순수비임이 밝혀졌다. 원래의 그 자리에는 지금 모조 비석이 서 있다.

진평왕 25년(603) 8월, 재위 14년의 고구려 영양왕이 고승(高勝)으로 하여금 신라가 점거하고 있는 북한산성을 포위하여 공격하게 했다. 물론 신라는 이곳을 포기할 수 없었다. 진평왕이 친히 1만의 군사를 이끌고 와서 고승을 격퇴했다. 백제가 멸망한 이듬해인 661년(무열왕 8)에는 고구려 장군 뇌음신(惱音信)이 말갈 장군 생계(生階)와 함께 20여 일 동안 북한산성을 포위하여 공격했다. 이때의 성주 동타천(冬陀川)은 성 안의 주민까지 합하여 2,800여 명에 불과한 인원으로 필사적인 항전을 벌여 성을 지켰다. 당시는 백제부흥군의 활동이 거셌던 시기로, 삼국통일로 가는 길목에서 신라가 이 성을 고구려의 공격으로부터 지켜내었다는 것은 큰 의미를 갖는다.

진흥왕은 화랑제도를 확립하여 공(公)을 위해 사(私)를 기꺼이 희생하는 인재를 육성하고, 그런 인력으로 영토 확장을 지속적으로 추진했다. 그가 친정을 시작하면서 가장 먼저 북한산을 비롯한 한강 유역을 확보했고, 후일 동타천과 같은 인물이 북한산성을 지켜내었다. 삼국통일 논의에 진흥왕을 떠올릴 수밖에 없는 이유의 하나다.

진흥왕은 자신이 개척한 영토를 직접 순수하면서 백성을 위로하고 포상했다. 또한 이를 기념하고 왕의 위엄을 드러내고자 비를 세웠다.

창녕 만옥정 공원에 옮겨진 진흥왕척경비. 뒤로 화왕산이 보인다.

　진흥왕척경비(眞興王拓境碑) 혹은 진흥왕순수비(眞興王巡狩碑)로
불리는 창녕비는 진흥왕 22년(561)에 세워졌다. 내용은 진흥왕의 순
수 행적과 왕을 수행한 사람들의 이름과 관직을 적은 것인데, 여기는
내 땅이며 대가야는 반드시 자신이 평정한다는 의지를 담은 듯하다.
실제 이 비를 세운 다음 해인 진흥왕 23년(562), 왕명을 받은 이사부
는 가야 세력 중 마지막까지 버티었던 대가야를 병합했다. 그리하여
낙동강 서안 일대가 신라의 영역으로 들어오게 되었다. 이 전투에서

이사부의 부장으로 참전하여 두드러진 공을 세웠던 소년 화랑이 사다함이다.

　창녕읍과 고암면의 경계에 솟은 화왕산 기슭에서 발견된 이 비는 현재 창녕군 창녕읍에 있는 만옥정공원으로 옮겨져 보존되고 있다. 두께는 약 30cm, 높이가 178cm인 자연석의 한 면을 갈아서 23줄의 글자를 새긴 비석이다.

진흥왕은 북변을 개척하여 동북쪽으로는 멀리 함흥평야 일대에까지 진출하였다. 그곳을 순행할 때에도 비를 세웠다. 몇 개를 세웠는지 알 수 없지만, 함경남도 함주군 황초령에 있었던 황초령비와 함경남도 이원군에 있었던 마운령비가 남아 있다. 진흥왕 29년(568)에 왕이 영토를 확장하고 역내를 순행한 후 세웠던 두 비석은 현재 함흥 역사박물관에 옮겨져 있는 것으로 알려지고 있다.

날로 강성해지던 신라의 힘을 나타내는 상징물이라 할 수 있는 이런 순수비에는 우리가 미처 파악하지 못한 많은 화랑들의 이야기가 숨겨져 있으리라 짐작된다. 이미 천 년 전에 망한 신라이지만 화랑정신을 담은 진흥왕의 순수비는 아직도 우리 앞에 서 있다. 화랑의 이야기를 속삭이며.

단양 적성산성과 적성비

역사의 수레바퀴는 누가, 어디로 굴려가는 것일까?

단양의 적성산성(赤城山城)에는 적성비가 있고, 거기에는 진흥왕이 정복전쟁을 수행할 때의 전공자 이사부, 김무력 등의 공적이 적혀 있다. 큰 전공을 세우고 관등이 각간에까지 이른 김무력은 김유신의 조부로, 자신이 의식을 했든 하지 않았든 신라의 삼국통일 기반 마련에 큰 역할을 했다. 그리고 뒤를 이어 그의 손자 김유신이 삼국통일

을 이끄는 주역으로 등장하게 된다.

　김무력은 금관가야의 마지막 왕 김구해(金仇亥)의 셋째 아들로 법
흥왕 19년(532)에 금관가야가 신라에 병합되면서 부왕과 형 김노
종 · 김무덕 등과 함께 신라에 투항했다. 그는 투항 후, 진흥왕의 영
토 확장 정책에 부응하는 핵심 무장으로 빛나는 전공을 세운다. 진흥
왕이 나제동맹을 깨뜨리고 한강 유역을 점령한 뒤 설치한 신주의 군
주로 삼은 것으로도 그의 역할을 짐작할 수 있다. 백제 성왕이 전사
한 관산성 전투에서도 김무력의 활약은 혁혁했다. 그는 이런 공로로

단양 적성비

진흥왕과 사도태후 사이에서 태어난 아양공주와 결혼했다. 진흥왕의
사위가 된 것이다.

　적성산성은 사적 제265호로 충북 단양읍 하방리에 있다. 1978년
이 성에서 발견된 비의 비문에 적힌 '적성(赤城)'이라는 글자를 통해
이 성이 적성산성인 것을 확인할 수 있었다. 이곳은 본래 고구려의
적성현으로 신라가 점령한 다음에 성을 쌓아 이름을 그대로 적성이
라 불렀다. 둘레 922m의 이 석성은 성문이 남쪽으로 나 있는 점으
로 보아 남한강을 사이에 두고 북쪽의 고구려에 대응하여 세운 것으
로 추정된다.

　진흥왕 때 크게 활약한 인물들의 이름이 보이는 이 적성비는 신라

가 백제와 동맹하여 고구려를 물리친 후 죽령 이북 고현(高峴) 이내 10개 군을 점령한 사실과 무관하지 않다. 이 비의 건립 시기는 화랑 제도가 확립된 시기와 거의 일치한다. 화랑과 낭도들로 봐서는 이 적 성비가 그들의 애국심을 북돋우고 그들의 분전을 고무하는 훈장이 되었을 것이 분명하다.

옥천 관산성지

충북 옥천군 군서면에는 환산성 혹은 고리산성이라 불리는 석성이 있다. 지금은 대부분 허물어지고 길마저 없어져서 옛 모습을 찾기가 어렵다. 신라와 백제의 군사들이 격전을 벌여 백제의 대군이 전멸했던 바로 그 관산성으로 추측되는 산성이다.

한강 유역이 요충지인 것은 백제도 고구려도 마찬가지이다. 동맹을 일방적으로 깨뜨리고 자신이 확보한 영토를 탈취해 간 신라에 대한 배신감과 증오심으로 분노가 극에 달한 백제 성왕은 일본의 원군 그리고 대가야와 연합하여 대규모의 군사를 일으킨다. 신라가 한강 유역을 빼앗아 신주를 둔 이듬해인 554년, 태자 창(昌)을 총사령관으로 백제·가야·왜 연합군은 신라의 관산성을 공격하였다.

백제는 이 전투에서 성왕이 신라의 복병에 의해 전사하고, 3만에 달하는 대군이 전멸하는 처참한 패배를 맛보게 된다.《삼국사기》는 백제 성왕이 목숨을 잃고 백제군이 참패한 관산성전투를 자세히 기록하고

옥천 관상성지. 석성의 대부분은 허물어져 옛 모습을 상상하기가 어렵다.

있다.

처음에 백제군이 우세하여 각간(角干) 우덕(于德)과 이찬(伊飡) 탐지(耽知) 등이 거느린 신라군이 패주하였으나 신주 군주인 김무력이 이끄는 원군이 당도하자 양국 사이에 대접전이 벌어졌다. 이때 태자 창의 안위를 걱정하며 전황을 살피기 위해 찾아온 성왕이 전사한다. 《삼국사기》본기 백제 성왕조에는 성왕 32년(554) 7월에 왕은 신라를 습격하고자 하여 친히 보병과 기병 50명을 거느리고 밤에 구천(狗川)에 이르렀는데, 신라의 복병이 일어나서 더불어 싸웠으나 난병에게 해침을 당하여 죽었다고 했다.

성왕의 죽음에 대한 내용은《삼국사기》본기 신라 진흥왕조에도 나온다. "진흥왕 15년(553) 7월에 백제 왕 명농[성왕]이 가량(加良)과 함께 관산성을 공격해 왔다. 군주 각간 우덕(于德)과 이찬 탐지(耽知) 등이 맞서 싸웠으나 전세가 불리하였다. 신주 군주 김무력이 주의 군사를 이끌고 나아가 교전함에, 비장 삼년산군(三年山郡)의 고간(高干) 도도(都刀)가 급히 쳐서 백제왕을 죽였다. 이에 모든 군사가 승세를 타고 크게 이겨, 좌평 네 명과 군사 2만 9천6백 명의 목을 베었고 한 필의 말도 돌아간 것이 없었다."는 기록이다.

이때 전사한 백제 성왕이 누구인가? 그는 무녕왕의 아들로 태어나 523년에 등극하여 32년간 왕좌를 지키면서 지혜와 식견이 뛰어났다는 평가를 들으며 많은 업적을 이룬 왕이다. 그는 재위 16년인 538년 공산성(공주)에서 사비성(부여)으로 천도하고, 나라 이름도 남부여로 고쳤다. 대제국 백제의 옛 위상을 회복하고 왕실의 권위와 정통

성을 공고히 하기 위함이었다. 그는 백제가 멸망하는 660년까지 122년간 이어지는 새로운 백제 시대의 첫걸음을 뗀 뛰어난 영도자였다. 백제가 일본에 불교를 전하고, 중국 양나라와 활발하게 교류한 것도 성왕 재위 기간에 이뤄진 일이었다.

신라와 힘을 합하여 고구려에 빼앗겼던 한강 유역을 되찾고자 했던 것도 백제의 재건을 꿈꾼 성왕의 노력의 일환이었다. 신라 진흥왕과 함께 한강 유역을 되찾은 551년은 남진정책을 취했던 고구려 장수왕에게 점령당한 지 76년만으로 그의 감격은 이루 말할 수 없는 것이었다. 그런데 그 땅을 풋내기 진흥왕에게 빼앗기고 급기야는 그 자신의 목숨까지 잃었다. 32년간 재위한 노회하고 지혜로웠던 왕이 약관의 진흥왕과의 대결에서 최악의 패배를 당한 것이다. 관산성 전투의 패배를 기점으로 백제 왕실은 권위를 잃고 토착 호족들과 권력을 다투는 소모적 힘겨루기가 가열된다. 왕권과 신권의 줄다리기는 다소의 기복이 있으나 백제 멸망 때까지 계속되었다.

성왕의 전사도 특별한 일이지만, "좌평 네 명과 군사 29,600명의 목을 베었고 한 필의 말도 돌아간 것이 없었다."는 《삼국사기》의 기록이 눈길을 끈다. 신라의 피해를 정확히 알 수는 없지만 양측의 손실이 크게 달랐다는 것은 짐작할 수 있다. 무엇이 이런 차이를 가능하게 했을까? 그것 역시 신라의 힘이었던 것이 분명하다.

지금은 흔적조차 찾기 어려워 무심한 듯 나그네를 맞는 한적한 이 땅에 왜 그렇게 많은 인마가 피를 흘려야 했을까? 어쨌든 신라군도 전사자가 있었을 것이고, 그렇다면 3만이 훨씬 넘는 양측의 군사들이 그 전투에서 목숨을 잃었다는 이야기다. 죽은 군인들은 모두 평범

한 한 가정의 아들이요 형제, 혹은 아버지이기도 했을 것이다. 정적만이 감도는 이 유적지는 이들과 이들의 가족이 겪었을 고통만큼이나 허망함도 크다는 것을 일러주는 듯하다. 정말이지 전쟁은 일으킬 일이 아니다. 그러나 부득이 정말 부득이 싸우지 않을 수가 없는 상황이라면, 이 전투에서의 신라와 신라군들의 정신을 주목해야 할 것이다.

팔공산 제천단

한 나라를 이끄는 '왕'의 됨됨이에 따라 백성들의 삶의 질이 달라지는 것은 피할 수 없는 일이다. 한 조직을 이끄는 지도자의 가치관이나 역량에 따라 구성원들의 삶의 질이 달라지는 것은 예나 지금이나 마찬가지다.

무소불위의 권력을 휘둘렀던 중국 하(夏)나라의 마지막 왕인 걸왕은 자신을 태양에 비유하여 '태양이 없어질 때라야 자신도 죽는다.'고 거들먹거렸다. 《상서(尙書)》 중 하나라를 무너뜨리고 은나라를 세운 탕왕이 걸왕을 치러 출정할 때 맹세한 말을 기록하고 있는 탕서(湯誓)에는 "이 태양은 언제 없어지려나. 내 차라리 너와 함께 죽어버리련다."고 백성의 원망을 적고 있다. 권력이 비롯하는 근원인 백성을 두려워하지 않고, 주어진 힘을 마구 휘두르던 걸왕은 수백 년을 이어온 하나라를 멸망의 길로 이끌었다. 자고로 왕이 된 자는 겸허한 마

팔공산 제천단의 흔적으로 추측되는 돌무더기

음가짐을 가져야 한다는 것을 하나라의 걸왕이나 이와 비슷한 행태를 보였던 은나라의 주왕이 자신들의 패망으로 몸소 입증해 주었다.

대구광역시와 경상북도에 걸쳐 있는 팔공산은 신라시대에 부악(父岳) 혹은 중악(中岳)으로 불렸다. 《삼국사기》에는 오악이 "동쪽은 토함산 대성군, 남쪽은 지리산 청주, 서쪽은 계룡산 웅천주, 북쪽은 태백산 나이군, 중앙은 부악 또는 공산 압독군이다."라고 기록하고 있다. 《삼국유사》에도 "중악은 지금의 공산이다"는 기록이 있다.

이 팔공산에서 천왕봉 혹은 제왕봉으로 불리기도 했던 산봉우리 위에는 돌무더기가 있는데, 이것이 제천단의 흔적이라는 이야기가 전해지고 있다. 아직 학술적으로 온전히 규명되지 않은 상태여서 함부로 언급하기는 어렵지만, 신라시대 때 하늘에 제사지낸 곳이었을 개연성은 충분하다고 본다.

신라 건국 이후 가장 넓은 영토를 확보한 진흥왕은 "천성이 풍미가 있어 신선을 크게 숭상하였다."고 한다. 자신이 개척한 영지를 두루 돌아다니며 그의 영향력이 미치는 곳을 표시했고, 신선을 크게 숭상했던 진흥왕이 서라벌 가까이에서 우뚝한 팔공산을 찾지 않았다고 보기는 어렵다. 그가 팔공산을 찾았다면, 고대에서부터 하늘에 제사를 올렸던 곳이었을 가능성까지도 충분히 생각해 볼 수 있는 제천단에서 제의를 벌였을 가능성은 매우 높은 것으로 보인다.

《화랑세기》에는 "화랑은 선도(仙徒)이다. 우리나라는 신궁(神宮)을 받들어 하늘에 큰 제사를 지냈다. …(중략)… 옛날에 선도는 신을 받드는 일을 위주로 삼았다."고 적고 있다. 또 "국공(國公)들이 화랑도 단체에 들어간 후 선도는 도의에 서로 힘썼다. 이에 어진 재상과 충성스러운 신하가 이로부터 빼어났고, 훌륭한 장군과 용감한 병졸이 이로부터 나왔기 때문에 화랑의 역사를 알지 않으면 안 된다."고도 언급하고 있다.

영토확장을 통한 신라의 흥성을 위해 많은 인재를 필요로 했고, 실제 화랑제도를 정착시켰던 진흥왕이 그 성향으로 봐서나 필요성으로 봐서도 팔공산 제천단에서 제의를 벌였을 가능성은 충분한 것으로 보이는데, 중요한 것은 그것이 주는 의미다. 신을 받든다는 것은 자신을 낮춘다는 뜻으로 통한다. 정복왕 진흥왕에게 걸왕과 같은 교만이 아니라 더 높은 신 앞에 엎드리는 겸손이 있었다는 것은 매우 중요한 의미를 갖는다.

블레셋의 거인 골리앗을 물매돌로 쓰러뜨린 소년 다윗(?~BC961)은 30세 때 고대 이스라엘의 제2대 왕이 되어 40년 동안이나 왕위를 지켰다. 그는 곧잘 위대한 왕으로 거론되기도 하는데 그가 완인이었기 때문이 아니다. 널리 알려진 바와 같이 그는 충성스런 부하 우리아의 아내 밧세바를 범하고, 우리아를 전장으로 보내 전사하게 만들었다. 이런 비열하기 그지없는 짓을 저지르기도 한 그가 위대한 왕으로 일컬어지는 것은 신 앞에 엎어져 자신의 죄를 자복하고 스스로를 하염없이 낮추는 겸손함이 있었기 때문이다.

진흥왕은 신라 건국 이래 처음 펼쳐지는 드넓은 영토의 주인이 되었고, 수많은 순수비로 군왕의 위엄을 드러내 보이기도 했으나 걸왕과 같은 교만에 젖지는 않았다. 그는 더 높은 정신세계에 겸허히 자신을 낮추었다. 법흥왕대에 공인된 불교를 적극 일으키고 선도도 숭앙했던 진흥왕은 만년에 머리를 깎고 승의를 입고 법호를 법운(法雲)이라 하여 여생을 마쳤다.

수많은 절이 창건되었고 화랑들의 수련장이 되었던 팔공산을 불교 진흥과 화랑제도 정착의 주인공이었던 진흥왕이 무심히 버려두었으리라 보기는 어렵다. 팔공산 제천단에는 진흥왕과 그의 화랑들이 숨겨둔 더 많은 이야기가 있을 것이다. 그것을 꺼집어내는 것은 오늘을 사는 우리들의 몫이다.

사다함
어린 영웅의 불꽃같은 삶

고령 주산성지

17세에 생을 마감한 한 젊은이가 보여줄 수 있는 삶의 모습은 과연 어디서 어디까지일까? 화랑제도가 정착하는 초기, 혁혁한 전공을 세우고도 포상을 탐하지 않았으며 신의를 지켜 짧은 생을 마감한 제5세 풍월주 사다함이 오늘의 우리에게 던져주는 의미는 과연 어떤 것일까? 경북 고령의 한 유적지에서 그의 불꽃같은 삶의 궤적과 그 의미를 찬찬히 음미해 본다.

경북 고령읍에는 대가야의 도읍지였던 주산성(主山城) 터가 있다. 사적 제61호로 지정되어 있는 주산성 가까이에 대규모 고분군이 있는데, 발굴된 몇몇 고분의 유물로 고령가야가 후기 가야연맹체의 맹주국 대가야였던 것이 입증되고 있다. 《삼국사기》 지리지에는 대가야가 이진아시왕(伊珍阿豉王)으로부터 16대 도설지왕(道說智王)에 이르기까지 520년간 지속한 것으로 기록되어 있다.

고령읍내 향교 자리에는 '고대(高臺)' 혹은 '대거대'로 불리는 왕성 터가 있는데, 고령읍의 중심부까지 뻗어 있는 해발 311m의 주산

고령읍의 주산성지

에 이 왕성을 둘러쌌던 주산성이 지금은 허물어져서 겨우 흔적만 확인할 수 있을 정도로 남아 있다. 진흥왕 23년(562)에 이 왕성을 둘러싼 대가야군과 신라군 사이의 격전이 있었다. 이때 15세에 불과했던 어린 화랑 사다함이 참전하여 큰 공을 세운다. 《삼국사기》의 신라본기와 열전에 있는 사다함의 기록에 약간의 차이가 있으나, 그 대강의 내용은 다음과 같다.

　사다함은 진골 출신으로 내물왕의 7대손이고 급찬(級湌) 구리지

(仇梨知)의 아들이다. 본래 좋은 가문에서 출생하여 풍채와 용모가
맑고 준수하며 뜻과 기운이 방정하여 사람들이 화랑으로 받들기를
청하여 드디어 화랑이 되었는데, 그 낭도가 무려 1천 명이나 되었
다. 이때 진흥왕은 이찬(伊飡) 이사부에게 대가야 정벌을 명하였다.
사다함은 15~16세의 어린 나이로 종군을 청하였으나 왕은 그의 나
이가 어리므로 허락하지 않았다. 그러나 그는 여러 번 종군을 간청
하고 그 의지가 굳었으므로 왕은 드디어 귀당비장(貴幢裨將)으로
삼아 종군하도록 명하니 그의 낭도들도 따라 나서는 사람이 많았
다. 이사부가 군사를 거느리고 진군하여 그 국경에 이르렀을 때, 사

43

다함은 원수(元帥)에게 청하여 그 휘하의 기병 5천을 거느리고 먼저 가야군의 성문인 전단량(旃檀梁)으로 쳐들어갔다. 들어가서 기를 세우니 온 성중이 두려워하여 어찌할 줄 몰랐다. 이때 이사부가 군사를 이끌고 공격하니 가야인들이 일시에 항복하였다.

처음에는 사다함이 진흥왕에게 종군을 청하였으나 그의 나이가 어리다 하여 왕이 허락하지 않았다고 하였다. 《화랑세기》에 제5세 풍월주였던 사다함의 나이 12살에 문노(제8세 풍월주)를 따랐는데 격검에 능했다고 적고 있으나 참전하기에 어린 나이였던 것은 분명하다. 어린 그가 5천의 기병을 거느리고 과감히 적진으로 내달아 적을 혼란에 빠뜨리고 아군의 공격로를 열어 일시에 적을 제압하게 한 것은 놀라운 일이 아닐 수 없다.

그러나 사다함의 진가는 그 다음에 더 크게 드러난다. 사다함의 공로를 인정한 진흥왕이 그에게 포로 수백 명을 포상으로 내려주었는데, 사다함은 이들을 모두 놓아주어 양민으로 만들었다. 왕이 이 말을 듣고 또 다시 토지를 하사하니 그가 굳게 사양하였고, 왕이 기어코 주려고 하니 그는 결국 알천의 불모지를 청하였다. 전투에 임하여서는 몸을 돌보지 않고 용감하였으며, 재물에 대하여는 초연한 태도를 취하였던 사다함을 국인들이 모두 칭찬하였다고 한다. 신라인들이 지향했던 바의 숭고한 가치를 사다함은 어린 나이로 거침없이 실천했다. 이어지는 그의 죽음은 간단히 평가하기 어려운 문제를 우리에게 던져준다.

사다함은 무관랑과 함께 죽음까지도 같이 할 친구로 사귈 것을 약속하였다. 그런데 그 무관랑이 갑자기 죽었다. 사다함은 심히 슬퍼하여 7일 동안이나 통곡하다가 또한 죽었다. 그의 나이 불과 17세였다. 친구와의 약속과 그의 죽음에 대한 현대인의 섣부른 해석은 자칫 그의 죽음을 욕되게 할 우려가 없지 않으므로 구구한 말은 달지 않도록 한다. 다만 그가 보여준 신의는 우리가 그대로 따라하기는 어렵다 하더라도 현대인들이 회복해야 할 그 무엇임은 분명하다.

필사본《화랑세기》에는 제5세 풍월주였던 사다함의 정신세계와 인물 됨됨이에 대해 언급하고 있다. 사다함은 밖으로 굳세고 안으로 어질었고, 우애에 독실했으며, 어머니를 섬기는 효도가 지극했다고 적고 있다. 태후가 사다함을 궁중에 불러 음식을 내리며 사람을 거느리는 방법을 물으니, "사람을 사랑하기를 제 몸과 같이 할 뿐입니다. 그 사람의 좋은 것을 좋다고 하는 것뿐입니다."라고 했다고 한다.

'그 사람의 좋은 것을 좋다고 하는 것'은 오늘날 사람 거느리기를 희망하는 인사들도 새겨들어야 할 사다함의 충고일 것이다.

원광법사, 귀산과 추항

가르침으로 피어난 화랑정신

청도 가슬갑사지

인류의 역사는 인류 교육의 역사이기도 하다. 어느 시대, 어떤 교육이 행해졌느냐에 따라 그 사회 구성원들의 삶의 질은 달라졌다. 7세기에 접어들 무렵, 신라의 한 고승이 두 젊은이에게 내린 어떤 가르침이 이후 동아시아의 역사를 바꾸는 데 지대한 영향을 끼쳤다. 세속오계를 제시한 원광법사(555~638)와 이를 실천한 귀산과 추항의 이야기다. 화랑이 삼국통일의 동력이 되었다면, 세속오계는 화랑들에게 지향할 바를 일러주는 지남이 되었다.

진평왕 22년(600), 원광법사는 귀산과 추항으로부터 가르침을 달라는 청을 받고 세속오계를 내려주었다. 그 가르침을 주고받았던 장소는 경북 청도군 운문면에 위치했던 가슬갑사(嘉瑟岬寺)다. 원광법사가 중국에서 돌아와 한동안 거처했던 가슬갑사의 위치에 대해 몇몇 연구기관에서 조사작업을 벌였으나 아직 학계의 통일된 의견을 마련하지는 못한 듯하다.

1718년에 간행된 《운문사사적》에 따르면, 557년에 한 신승(神僧)

이 지금의 운문사에서 5리 정도 떨어져 있는 금수동(金水洞, 현 북대암 옆)으로 들어와 암자를 짓고 삼년을 수도하다가, 마침내 깨달음을 얻고 절을 짓기 시작하여 7년 동안 다섯 곳에 절을 세워 오갑사(五岬寺)라고 했다. 대작갑사, 가슬갑사, 대비갑사, 천문갑사, 소보갑사가 그것이다. 진흥왕은 명산에 다섯 절이 창건되었다는 소식을 듣고 기뻐하여 왕명으로 원찰(願刹)을 삼았다. 대작갑사는 현재의 운문사로 '작갑(鵲岬)'이란 이름을 쓴 것은 절 서쪽 호거산의 흉맥을 진압하기 위해 까치가 찾아준 누런 벽돌로 탑을 조성했기 때문이라고 한다. 가슬갑사(嘉瑟岬寺)는 가실사(加悉寺)로 불리기도 했는데 대작갑사를 중심으로 10여 리 동쪽에 세워진 절이었다.

오갑사가 창건되던 때(560~567)는 신라가 불교문화를 꽃피우며 삼국통일의 기반을 닦던 시기였다. 원광법사는 13세에 출가하여 35세가 되던 589년에 중국으로 구법 유학의 길을 떠났다. 진평왕 22년(600), 원광법사는 중국 수(隋)나라에서 불법을 구하여 돌아와 청도 운문산의 가슬갑사에 머물렀다. 이때 사량부(沙梁部)에 사는 두 젊은이 귀산과 추항이 가르침을 청하자 그들에게 세속오계를 일러주었다. 《삼국사기》 열전 귀산조에는 귀산과 추항이 원광법사로부터 세속오계를 받았던 경위를 다음과 같이 기록하고 있다.

귀산은 신라 사량부 사람으로서 아버지는 무은(武殷) 아간이다. 귀산은 청소년 시절에 같은 사량부에 있는 사람 추항을 벗으로 삼았다. 두 사람은 서로 말하기를, "우리가 선비나 군자와 함께 교유하기를 기약하였는데, 먼저 마음을 바르게 하고 몸을 잘 닦지 않는

중앙승가대 불교사학연구소의 조사(1997)에 의해 가슬갑사 터로 추정된 바 있는 청도군 신원리 42번지 일대

다면 장차 치욕을 당하지 않을까 염려가 되니, 어찌 어진 사람을 찾아가서 올바른 도리를 듣지 않겠는가?" 당시에 원광법사가 수나라에 유학을 다녀와서 가실사(加悉寺)에 머물러 있었는데, 그때 사람들이 그를 높여 예의로써 존경하였다. 이때 귀산 등은 원광법사를 찾아가서 공손한 태도로 말하기를, "속세의 우리들은 어리석어 아무 것도 아는 바가 없사오니, 원컨대 한 말씀 가르쳐 주시면 죽을 때까지 계명으로 삼겠습니다."라고 하니, 원광법사가 말하기를 "불계에서는 보살계가 있어 십계로 삼고 있으나, 그대들은 남의 신하가 되어서 능히 이를 감당하지 못할까 염려된다. 지금 세속에 알맞

가슬갑사 터로 추정되는 자리에 새워져 있는 천문사의 석불

은 오계가 있는데, '하나는 임금을 섬김에 충성으로써 하고[事君以
忠], 둘은 어버이를 섬김에 효도로써 하고[事親以孝], 셋은 벗을 사
귐에는 신의로써 하고[交友以信], 넷은 전쟁터에 이르면 물러남이
없어야 하고[臨戰無退], 다섯은 산 것을 죽임에는 가림이 있어야 한
다[殺生有擇]'고 하는 것인데, 그대들은 이를 실행함에 있어서 소홀
함이 없도록 하라."고 하였다.

　귀산 등이 말하기를, "다른 것은 다 명하는 대로 받아 하겠사오
나, 산 것을 죽임에는 가림이 있어야 한다는 것만은 아직 똑똑히 모
르겠나이다."라고 하니, 원광법사가 말하기를, "육재(六齋)날과 봄

경북대 조사팀이 추정한 가슬갑사 터. 청도군이 세운 표지석이 있다.

과 여름 달에는 산 것을 죽이지 말라는 것이다. 이는 때를 가리라는 것이요, 짐승을 죽이지 않는다는 것은 말·소·닭·개를 말하는 것이고, 작은 생물을 죽이지 않는다는 것은 고기가 한 점도 못되는 것을 말하는 것인데 이것이 물건을 가린다는 것이다. 또한 죽일 수 있는 것도 쓸 만큼만 하고 많이 죽이지 말라는 것이니, 가히 세속의 착한 경계라 말할 수 있다." 하므로, 귀산은 말하기를, "지금부터 이후에는 법사님의 주선함을 잘 받들어 감히 실수하지 않겠나이다."라고 하였다.

두 젊은이에게 이런 가르침을 준 원광법사는 진평왕 때의 고승으로 당대에 덕행과 학식이 가장 뛰어난 스님이었다. 13세에 출가한 그는 30세에 경주 안강의 삼기산에 금곡사를 창건하고 수도하다가 진평왕

11년(589)에 중국으로 건너갔다. 강남과 화북의 여러 지역을 두루 섭렵하고 11년 만에 귀국한 그는 수나라에서 이미 이름을 떨치던 참이라 귀국 후 그의 종교적·학문적 성가는 대단하였다. 그는 원효에 앞서 '중생은 본래부터 여래가 될 가능성을 갖추고 있다'는 여래장 사상을 펼쳐 불교 대중화의 기반을 마련했는데, 우리나라 최초로 점찰법회(占察法會)를 열었다. 점찰법회는 어리석은 중생을 위해 '중생의 선악과 그 업보를 점치는 불경'인 점찰경에 의거하여 여는 참회 중심의 법회로, 불교 토착화에 기여했던 대중교화의 의식이었다.

원광법사의 속성이 박(朴)씨라는 설도 있고 설(薛)씨라는 설도 있다.《화랑세기》는 그의 출생에 대해 언급하고 있다. 진흥왕의 동복이부(同腹異父) 누이요, 황후였던 숙명궁주가 제4세 풍월주 이화랑과 더불어 도망했으며, 결국 부부가 되어 원광과 제12세 풍월주가 되는 보리(菩利)를 낳았다는 것이다.

원광은 기량이 넓고 유학과 노장학 등에도 조예가 깊었으며, 글재주도 뛰어났다.《화랑세기》에서 '과연 대성여래(大聖如來)'라고 표현한 바와 같이 큰 스님으로 불교의 대중화를 이끌었다. 600년 수나라에서 귀국한 뒤, 원광법사는 잠시 삼기산에서 대승경전을 강의하다가 가실사로 옮겨 머물렀다. 그때 사량부 청년 귀산은 추항과 친구로서 덕행이 높고 학식이 깊은 원광법사를 찾아 평생을 두고 계명을 삼을 만한 가르침을 얻고자 한 것이다. 원광법사는 이들이 출가한 중이 아님을 고려해서 보살계보다는 세속에 적합한 이른바 세속오계를 가르쳐 주었다.

귀산과 추항에게 전한 다섯 가지 계율은 화랑의 실천정신을 가장 적절하게 표현하고 있다. 이 세속오계는 우리 고유 사상의 바탕에다 유·불·선 3교가 혼재된 것으로, 그 시대의 특수성이 반영된 것이라고 할 수 있다. 원광법사는 그 시대를 사는 신라의 젊은이들이 수긍하고 실천하기를 노력할 만한 지향점을 세속오계로 정리하여 제시한 것이다. 세속오계는 귀산과 추항에 의해 널리 세상에 알려졌다. 특히 귀산과 추항이 세속오계의 정신을 지키고 전사한 후, 세속오계는 모든 화랑도의 실천계율로 확산되었다.

유대인들이 고대 이스라엘의 멸망 후 세계로 흩어져 2천 년 방랑의 세월을 보내고도 1948년 팔레스타인 지역에 지금의 이스라엘을 건국할 수 있었던 힘을《탈무드》에서 찾는 사람도 있다. '가르치다'라는 의미로 유대인의 생활규범을 일러주는《탈무드》는 유대인을 단결시키는 힘이 되었고 정신적인 구심점이 되었다. 세속오계는 화랑들의 정신을 한 곳으로 지향하게 한 구심점 역할을 충분히 했다.

남원 아막성

아막성(阿莫城)은 전라북도 남원군 운봉면에 있다. 원광법사로부터 세속오계를 받은 귀산과 추항이 2년 뒤인 602년 이곳에서 장렬히 전사한다. 두 젊은이는 원광법사로부터 받은 바의 임전무퇴의 가르침을 그대로 실천한 것이다.

아막성은 함양군과 접경을 이루고 아영고원의 서쪽 능선과 봉화산

아막성. 성의 북쪽에 남아있는 성벽 아래로 복원된 북문이 보인다.

에서 남쪽으로 뻗은 660m의 고지에 북쪽을 향하고 있는 성이다. 성의 서편은 장수군 번암면으로 남원에서 장수로 연결하는 요천강(蓼川江) 상류이며 동편은 약 400m 고지를 이루어 천연의 요새지를 이루고 있다. 이 일대를 백제에서는 아막산(阿莫山), 신라에서는 무산(毋山) 등으로 불렀는데, 신라와 백제 사이에 격렬한 쟁탈전이 벌어졌던 곳이다.

《삼국사기》의 열전 귀산조에는 귀산과 추항이 아막성에서 전사하게 되는 전말을 다음과 같은 내용으로 기록하고 있다.

진평왕 건복 19년(602) 8월에 백제가 대군을 이끌고 와서 아막성

아막성의 남문자리로 추정되는 곳에 세워진 돌탑. 뒤로 지리산이 보인다.

을 포위하였다. 왕은 파진간 건품(乾品), 무리굴(武梨屈), 이리벌(伊
梨伐)과 급간 무은(武殷), 비리야(比梨耶) 등으로 하여금 백제군을
막게 하였다. 이때 귀산과 추항도 아울러 소감(少監)으로 삼아 출전
하게 하였다. 그때 백제가 패하여 천산의 연못으로 물러가 군사를
매복시킨 채 기다리고 있었다. 우리 군사는 진격하다가 힘이 다하
여 돌아오고 있었다.

　이때 귀산의 아버지 무은(武殷)은 후군이 되어 군대의 맨 뒤에 오
고 있었는데, 복병이 갑자기 튀어나와 갈고리로 그를 잡아당겨 떨
어뜨렸다. 귀산이 "내 일찍이 스승에게 들으니 군사는 적군을 만나
물러서지 않는다고 하였다. 어찌 감히 패하여 달아날 수 있으랴?"
라고 큰 소리로 외치고, 적을 쳐서 수십 명을 죽인 다음 자기 말에
아버지를 태워 보내고, 추항과 함께 창을 휘두르며 힘껏 싸웠다.

여러 군사들이 이를 보고 분발하여 진격하니, 쓰러진 시체가 들판을 메우고 말 한 필, 수레 한 채도 돌아간 것이 없었다. 귀산 등은 온 몸이 창칼에 찔려 돌아오는 도중에 죽었다. 왕은 여러 신하들과 함께 아나의 들판에서 그들을 맞이하였다. 왕은 그들의 시체 앞으로 나아가 통곡하고 예를 갖추어 장사지냈으며, 귀산에게는 나마를 추항에게는 대사를 각각 추증하였다.

602년의 아막성 전투는 백제 무왕 재위 3년의 일이다. 《삼국유사》는 백제 제30대 무왕의 출생에 대해 "이름은 장(璋)이다. 그 어머니가 과부가 되어 서울 남쪽 못가에 집을 짓고 살았는데 못 속의 용과 관계하여 장을 낳았다. 어릴 때 이름은 서동이었는데 재주와 도량이 커서 헤아리기 어려웠다."고 기록하고 신라 진평왕의 딸 선화공주와 결혼한 것으로 기록하고 있다. 진평왕이 서동과 사통한 공주를 귀양보내고, 마를 팔던 서동이 선화공주와 결혼하여 백제의 무왕이 되었다는 것이다.

《삼국사기》에 백제 제29대 법왕의 아들로 기록되어 있는 무왕(재위 600~641)은 재위기간 동안 신라와 대규모의 전투를 십여 차례나 벌였다. 백제 무왕이 서동으로 자라 신라 진평왕의 시위가 되었다는 《삼국유사》의 기록을 그대로 받아들이기 어렵도록 만드는 역사적 사실이다. 일부의 학자들이 신라의 왕녀를 왕비로 맞아들인 백제의 왕이 무왕이 아니라 무령왕 혹은 동성왕이라는 등의 주장을 내세우기도 했는데, 이 문제에 관련한 주요 사료가 발굴된 바 있다. 2009년 전북 익산 미륵사지 석탑에서 '좌평 사택적덕의 딸인, 무왕의 왕후가

기해년(639)에 지은 것'이라는 탑의 창건 내력을 담은 금판이 발견되었다. 《삼국유사》에는 왕비가 된 선화공주가 왕에게 간청하여 미륵사를 세웠다고 기록하고 있지만, 실제 미륵사 창건에 간여한 왕후는 신라 진평왕의 확인할 수 없는 셋째 딸이 아니라 백제의 주요 호족 사택적덕의 딸이라는 것이 밝혀진 것이다.

무왕은 수·당과도 우호관계를 유지하기 위해 노력했고, 일본에 천문·지리·역법에 관한 서적 보급과 불교 전파에 힘을 쏟기도 하는 등 군왕으로서 할 바를 여러 모로 모색하고 실천했던 지도자였다. 그러나 그는 만년에 군대 동원에 이은 잦은 토목공사로 국력을 소진하고 사치와 유흥에 빠졌다. 초심을 잃어버리고 만심(慢心)에 젖어든 것이다. 이런 현상은 뒤를 이은 의자왕에서도 나타나는데, 의자왕은 결국 나라를 멸망에 이르게 만드는 비극의 주인공이 되고 만다. 주목할 만한 대목이다.

무왕이 즉위 후 야심차게 시도한 아막성 공략은 기병 수천 명을 보낸 진평왕의 완강한 저항으로 결국 실패로 돌아가는데, 이 전투에서 원광법사의 가르침에 따라 물러서지 않고 장렬히 전사한 귀산과 추항은 세속오계를 화랑·낭도들의 가슴에 각인시키는 계기를 만들었다. 이 일을 통해, 지도자와 구성원들이 함께 지향할 만한 소중한 가치를 공유한다는 것은 그 사회의 미래를 결정하는 데 매우 중요하다는 것을 실감할 수 있다. 다양한 가치관이 다양한 통로를 통해 쏟아지는 현대에는 '소중한 가치'에 대한 고민과 교육의 필요성이 더욱 절실하다고 하지 않을 수 없다.

2
삼국통일을 이끈 리더십

김유신

삼국통일의 영웅

진천 계양부락과 길상사

단재 신채호 선생은 "김유신은 지용이 있는 명장이 아니요, 음험하기가 사나운 독수리 같았던 정치가이며, 그 평생의 큰 공이 전장에 있지 않고 음모로 이웃 나라를 어지럽힌 자"라고 김유신을 혹평했다. 왜 외세를 끌어들여 이웃나라를 멸망에 이르게 하였느냐는 질책의 뜻이 담긴 평가다. 이웃 일제에 의해 망국의 한을 뼈저리게 느꼈던 신채호 선생의 시대정신이 묻어나는 평가다. 김유신이 동생 문희를 유부남 김춘추와 맺어지도록 한 계획적인 행동을 떠올리면 그 '음험하다'는 평가에 수긍이 가기도 한다.

그럼 김유신에게는 다른 어떤 선택의 길이 있었을까? 신라·고구려·백제 삼국이 생존을 위해 각축을 벌이며 각기 당과 왜에 외교전을 펼치던 그 시기의 그에게 별다른 대안을 제시하기는 어려워 보인다. 백제 성왕이 관산성 전투를 위해 왜의 도움을 청한 구체적 예를 보더라도 당의 힘을 빌린 신라만을 비난하기는 어렵다.

많은 이들이 신라가 삼국을 통일한 탓에 고구려가 차지하고 있던

충북 진천군 벽암리에 있는 길상사. 김유신 장군의 사당이다.

넓은 땅을 잃게 되었다고 아쉬워한다. 그런 안타까움이 있는 것은 사
실이다. 그렇다고 각기 살길을 추구한 결과, 임금과 신하가 합심하여
노력한 신라가 최후의 승자가 된 것을 어쩌랴. 삼국이 각축하던 시기
에 태어나 조국 신라를 위해 진력한 김유신을 탓할 일이 아니라, 고
구려와 백제가 왜 김유신과 같은 인재를 가질 수 없었는가를 생각해

김유신 장군의 생가 터 뒷산인 진천 태령봉의 김유신 장군 태실. 사적 414호로 지정되어 있다.

볼 일이다.

김유신 장군의 탄생지는 지금의 충청북도 진천군 상계리 계양부락이다. 주위의 반대를 무릅쓴 결혼을 위해 서라벌을 떠난 서현(舒玄)과 만명(萬明)은 이곳에서 불세출의 영웅 김유신을 낳았다.

김유신의 어머니 만명은 진흥왕의 동생인 숙흘종의 딸이다. 진흥왕과 숙흘종은 신라 제23대 법흥왕의 아우인 입종갈문왕(立宗葛文王)의 아들들이다. 김유신의 조부는 가야계 진골로 많은 전공을 세워 각간(角干)에까지 이른 김무력이고, 조모는 진흥왕과 사도태후 사이에서 태어난 아양공주였다. 김유신의 부모 모두 진흥왕과 핏줄을 나눈 관계인 셈이다.

만명의 어머니 만호부인은 진흥왕의 손자인 신라 제26대 진평왕의

충북 진천군 상계리 계양부락에 있는 연보정

모후이기도 하다. 그녀는 만명이 서현과 결혼하는 것을 반대했다. 《화랑세기》에는 "만호태후는 서현이 대원신통류이기 때문에 허락하지 않았다."고 그 반대의 이유를 밝히고 있다. 당시 신라의 왕들은 '진골정통'과 '대원신통' 두 계통의 여인들과 혼인을 했고 이는 화랑·낭도들을 구분하는 기준이 되기도 했는데, 진골정통 계통의 만호태후가 대원신통 계통의 서현을 반대했다는 의미이다. 《삼국사기》에는 "일찍이 서현이 길에서 갈문왕입종의 아들인 숙흘종의 딸 만명을 보고 마음에 들어 눈짓으로 꾀어 중매도 거치지 않고 결합하였다. 서현이 만노군 태수가 되어 만명과 함께 떠나려고 하니, 숙흘종이 그제야 딸이 서현과 야합한 것을 알고 미워하여 별채에 가두고 사람을 시켜서 지키게 하였다. 갑자기 벼락이 문간을 때리자 지키는 사람이 놀라 정신이 없었다. 만명은 창문으로 빠져나가 드디어 서현과 함께 만노군으로 갔다."고 적고 있다.

전하는 기록에 조금의 차이가 있지만 서현과 만명이 주위의 축복

속에 결혼하지 못하고 사랑의 도피행각을 한 것은 분명하다. 두 사람은 여기에서 유신을 낳는데,《화랑세기》는 "무릇 20개월 만에 낳았고, 꿈에 상서로움이 많았다"고 하였다.《삼국사기》에도 20개월 만에 낳았다고 적고 있으니, 고기(古記)에서부터 그렇게 기록된 것으로 보인다. 서현이 만노태수(萬弩太守)가 된 것은《삼국사기》의 기록보다는 오히려 '사매(私妹)가 괴로움을 받자 진평왕이 서현공을 만노에 봉했다'는《화랑세기》의 기록이 더 설득력이 있어 보인다. 만명과 이부동모(異父同母)였던 진평왕의 배려로 만명의 남편이 된 서현이 만노태수로 봉해졌다는 것이다.

지금 계양부락은 거의 밭으로 개간되어 옛 모습을 찾기 힘든다. 이 밭은 옛날부터 커다란 담이 있었기에 '담안밭'이라는 이름으로 부른다. 또 '담안밭'은 '장수터' '장군터'로도 불리는데, 김유신 장군이 이곳에서 탄생했기 때문이다. 담안밭에서 태령산 쪽으로 조금 올라가면 연보정(蓮寶井)이란 이름의 우물이 있다. 담안밭 일대의 사람들이 이용하였을 이 우물은 가뭄이 심하여도 마르지 않았다고 한다.

또 이곳에서 조금 올라가면 군자터가 있다. 지금은 밭이지만 집터의 자취가 남아 있다.《동국여지승람》에 김유신사(金庾信祠)가 태령산 아래에 있다고 되어 있는데, 이곳이 신라시대부터 있었던 그 길상사(吉祥祠)의 옛 터이다. 진천군 벽암리에 있는 지금의 길상사는 1975년에 충북 기념물 제1호로 지정되었고 1976년에 사적지 정화사업의 일환으로 전면 신축된 것이다.

경주 천관사지

영웅의 연애담, 흥미로운 이야기가 아닐 수 없다. 신라가 낳은 영웅 김유신에게도 연애담이 있다. 널리 알려진 바의 천관녀와의 로맨스가 그것이다. 이 이야기의 클라이막스는 김유신의 칼날을 물들인 애마의 붉은 피다. 천관녀와의 만남을 걱정하는 어머니의 눈물에 정신을 수습한 그가 그녀와의 만남을 스스로는 끝냈으나, 주인의 결심을 알 길 없는 애마는 술기운에 젖어 졸음을 못 이긴 주인을 태우고 그녀의 집으로 걸음을 옮긴 죄로 목숨을 잃었다.

칼날에 묻은 애마의 붉은 피로 전하는 절연의 굳은 뜻은 천관녀의 사랑의 크기만큼이나 그녀에게 상처를 입혔을 것이다. 지금은 전하지 않으나, 원망의 마음을 담아 지은 〈원사〉가 고려 때까지도 전해진 모양이다. 후일 김유신이 그녀의 집터에 '천관'이라는 이름의 절을 지었다. 천관사를 지은 사람이 김유신인 것이 분명하다면 아마도 원망의 마음을 품고 죽은 그녀의 넋을 달래고자 하는 뜻이 컸을 것이다.

신라 오릉 동쪽 논 가운데에 있는 천관사 절터는 1991년 1월 9일에 사적 제340호로 지정되었다. 현재 발굴중인 경주시 교동 244번지 일대의 논바닥에는 폐탑 1기의 기단석, 탑부재 일부와 불상대좌 등이 남아 있다. 출입을 제한하는 금줄 뒤로 살짝 모습을 드러내고 있는 오래된 석물들이 천관의 애절하고도 안타까운 그리움을 지금까지 전하고 있는 듯하다.

화랑 김유신과 천관녀에 얽힌 이야기가 《삼국사기》나 《삼국유사》에는 보이지 않는다. 고려시대의 문사 이인로(1152~1220)의 《파한

집(破閑集)》과《신증동국여지승람(新增東國輿地勝覽)》,《동경잡기(東京雜記)》등의 문헌에 수록되어 있는데, 다음은《파한집(破閑集)》의 내용이다.

김유신은 계림 사람으로 업적이 혁혁하여 국사(國史)에 널리 실려 있다. 어렸을 때 어머니가 날마다 엄하게 훈계하여 함부로 사귀어 놀지 못하게 하였다. 하루는 우연히 여예(女隸)의 집에서 잤다. 그의 어머니가 꾸짖으며 말하기를 "나는 이미 늙어 밤낮으로 네가 성장하여 공명을 세우고 어버이를 위해서 영예롭게 되기를 바랐는데, 이제 네가 천한 아이들과 어울려 음방(婬房)과 술집에서 놀아나느냐?"라 하고 소리내어 울기를 그치지 않았다. 김유신은 어머니 앞에서 스스로 맹세하기를 "다시는 그 집 문 앞을 지나가지 않겠다"고 하였다. 하루는 술이 취해 집에 돌아오다 말이 전에 다니던 길을 따라 창가(倡家)에 잘못이르렀다. (여자가) 기쁨과 원망이 뒤섞여 눈물을 흘리며 나와서 맞이하였지만, 공이 이미 깨닫고 탔던 말을 베어 안장을 버리고 돌아왔다. 여인이 원사(怨詞)를 한 곡 지었는데 지금도 전하고 있다. 동도(東都)에 있는 천관사가 바로 그 집이다.

근년에는 '천관'의 신분에 대한 다양한 견해가 제기되고 있다. '천관'은 천운을 살피는 샤먼 성격의 제관이라거나, 신궁의 제사를 맡는 여인이라는 주장이 그런 것들이다. 《삼국사기》 김유신 열전에 "유신이 양오에 진을 치고 중국말을 할 줄 아는 인문, 양도(良圖) 그리고 그 아들 군승(軍勝) 등을 보내 당나라 군영에 가서 왕의 명으로 군량을 보냈음을 알렸다."는 대목이 있다. 여기에 보이는 아찬 벼슬을 한 군승이 천관녀와의 사이에 난 자식일 수 있다는 논의까지 나왔다. 하지만 실제 천관이 어떤 여인이었고 그녀의 삶이 어떠했든, 후대인들의 입에서 입으로 전해진 이야기의 핵심은 자신의 정념을 베는 것으로 상징되는 김유신의 매정한 칼날이었을 것이다.

고려조의 문인 이공승(李公升, 1099~1183)이 동도(東都 : 경주)의 관기(管記)로 부임하여 "천관사란 절 옛 사연이 있어 / 문득 새로 짓는다니 처연한 생각 드네 / 다정한 공자는 꽃 아래 노닐었고 / 원망

품은 가인은 말 앞에서 울었네 / 말은 유정하여 옛길을 알았는데 / 노복은 무슨 죄로 채찍질 잘못했던고 / 오로지 한 곡 묘한 가사만 남아 / 달과 함께 잔다는 노래 만고에 전하네"라는 시 〈천관사〉를 남긴 것이나, 조선조 대시인 서거정(徐居正, 1420~1488)이 〈김유신의 묘를 지나다〉란 시에서 "옛 천관사 그 어드멘고 / 만고 미인의 이름까지 따라 전하네"라고 읊은 것 등은 모두 영웅 김유신의 연애담이 두고두고 관심의 대상이 되었음을 말해주고 있다.

화랑이었고, 진정한 화랑이기를 추구한 한 사나이와 그에게 버림받은 한 여인의 사랑 이야기는 지금도 설명하기 어려운 아릿한 슬픔을 간직한 채 천관사지 주변을 맴돌고 있다.

중악 석굴 외

김유신의 수련처로 전하는 곳이 여러 군데 있다. 제15세 풍월주였던 김유신이 신라의 영토 안 어느 산골 어느 동굴이든 가지 못하란 법은 없었을 터이니, 그가 여러 곳에서 수련했다 한들 그것을 의심할 이유는 없다. 다만 기록에 부합하는 수련지가 어디였는가 하는 문제가 있다.

대한불교조계종 제10교구 본사인 경상북도 영천 은해사(銀海寺)에서 말사인 백흥암(白興庵)을 거쳐 팔공산 정상을 향하여 올라가면 역시 은해사 말사로 돌구멍절이라고도 불리는 중암암(中巖庵)에 이른

팔공산 중암암 일대의 원경

다. 이 절은 9세기경에 세워진 것으로 알려지고 있는데, 이 절 뒤에 장군굴이라 불리는 천연의 석굴이 있다. 상·하층 구조의 석굴은 앞뒤 좌우가 거대한 암벽에 둘러싸여 있다.

중암암 뒤편에는 화랑들의 마음을 사로잡았음직한 바위들이 맑고 차가운 바람을 맞으며 장대한 모습을 드러내고 있었다. 석굴 뒤편의 북쪽 암벽 사이에는 장군수라는 약수가 아직도 나오고 있다. 여기서의 '장군'은 물론 김유신 장군을 의미한다.

《삼국사기》에 의하면 김유신은 17세 때에 홀로 '중악'의 석굴에 들어가 재계하고 하늘에 맹세하며 기도하였다. 팔공산이 신라 5악의 하나인 중악이었던 것, 중암암 석굴이 있는 팔공산 전체가 화랑의 중

팔공산 장군굴 주변 바위 틈에 자리잡은 만년송

요한 수련지로 조금도 손색이 없다는 점에서 김유신이 이곳에서 수련했을 가능성은 충분한 것으로 보인다. 그러나 팔공산을 중악으로 지칭했던 것이 통일신라시대의 일이었던 점을 감안한다면, 《삼국사기》에 언급된 '중악'의 석굴을 이곳이라고 확언하기에는 조금 더 많은 확인 작업이 필요할 듯하다.

　《삼국사기》에서 말하는 '중악'을 경주의 단석산(斷石山)으로 보는 학자들도 있다. 단석산은 경주시 건천읍 송선2리에 위치한 해발 827m의 산으로 경주 부근에서는 가장 높은 산이다. 《동경잡기(東京雜記)》에 의하면 삼국시대 이래 '달래산[月生山]'이라 불렀다고 하는 이 산의 중턱에는 국보 제199호 신선사 마애불상군이 있다.

국도변에서 골짜기를 따라 2.3km 정도 올라가면 상인암(上人庵)이라 불리는 석굴이 있는데, 이 상인암이 바로 화랑 김유신의 수도장이었던 석굴이라는 것이다. 이 석굴은 자연암벽이 삼면으로 솟아 있고 서쪽만 틔어진 ㄷ자형의 형태로 되어 있다. 이 네모반듯한 석굴은 김유신은 물론 다른 젊은이들의 수도처가 되었을 가능성도 충분해 보인다. 다음은 《삼국사기》 열전 김유신조의 기록이다.

진평왕 건복 28년 신미(611)에 공은 나이 17세로, 고구려·백제·말갈이 국경을 침범하는 것을 보고 의분에 넘쳐 침략한 적을 평정할 뜻을 품고 홀로 중악 석굴에 들어가 재계하고 하늘에 고하여 맹세하였다.

"적국이 무도하여 승냥이와 범처럼 우리 강역을 어지럽게 하니 거의 평안한 해가 없습니다. 저는 한낱 미미한 신하로서 재주와 힘은 헤아리지 않고, 화란을 없애고자 하오니 하늘께서는 굽어살피시어 저에게 수단을 빌려주십시오!"

이렇게 머문 지 나흘이 되는 날에 문득 거친 털옷을 입은 한 노인이 나타나 말하였다. "이곳은 독충과 맹수가 많아 무서운 곳인데, 귀하게 생긴 소년이 여기에 와서 혼자 있음은 무엇 때문인가?" 유신이 대답하였다. "어른께서는 어디서 오셨습니까? 존함을 알려주실 수 있겠습니까?" 하니 노인이 말하였다. "나는 일정한 거처가 없

경주 단석산 신선사 마애불상군

고 인연 따라 가고 머무는데, 이름은 난승(難勝)이다.”

　공이 이 말을 듣고 그가 보통 사람이 아닌 것을 알았다. 그에게 두 번 절하고 앞에 나아가 말하였다. “저는 신라 사람입니다. 나라의 원수를 보니, 마음이 아프고 근심이 되어 여기 와서 만나는 바가 있기를 바라고 있었습니다. 엎드려 비오니 어른께서는 저의 정성을 애달피 여기시어 방술을 가르쳐 주십시오!”

　노인은 묵묵히 말이 없었다. 공이 눈물을 흘리며 간청하기를 그치지 않고 여섯 일곱 번 하니 그제야 노인은 “그대는 어린 나이에 삼국을 병합할 마음을 가졌으니 또한 장한 일이 아닌가.”하고, 이에 비법을 가르쳐 주면서 말하였다. “삼가 함부로 전하지 말라. 만일 의롭지 못한 일에 쓴다면 도리어 재앙을 받을 것이다.”하였다. 말을 마치고 작별을 하였는데 2리쯤 갔을 때 쫓아가 바라보니, 보이지 않고 오직 산 위에 빛이 보일 뿐인데 오색 빛처럼 찬란하였다.”

　여기에서의 ‘중악 석굴’이 팔공산 중암암의 석굴을 말하는지, 경주의 단석산 석굴을 말하는지 지금으로서는 단언하기가 어렵다. 여기에 등장하는 난승이라는 이름의 노인을 산신으로 보는 사람도 있지만 그 역시 확인할 길은 없다. ‘난승’ 즉 ‘이기기 어렵다’는 이름은 매우 작위적이어서 지어낸 이야기의 느낌을 상당히 풍기기도 한다. 김유신은 난승 노인으로부터 비법과 보검을 얻었는데 그가 습득한 검술을 시험하기 위하여 큰 바위를 잘랐더니 그때 잘린 돌들이 산더미처럼 쌓였으며 이때부터 이 산을 단석산이라 부르게 되었다는 이야기가 전해진다.

　《동국여지승람》에는 “속전에 신라의 김유신이 고구려와 백제를 치려고 신검을 얻어 수련하느라고 큰 돌을 칼로 깨어서 산더미 같이 쌓였는데 그 돌이 지금도 남아 있다.”라고 하였다. 《삼국사기》의 기록이든 《동국여지승람》의 기록이든 화랑 김유신이 국가를 위해 자신의 온 삶을 바치겠다는 굳은 각오로 수련에 매진했음을 전하고 있다.

　단석산 신선사에는 마애불상군이 있고, 석굴 남쪽 바위에는 수백 자의 금석문이 새겨져 있다. 그 중 이곳이 신선사임과 미륵불이 주존불임을 알게 하는 내용이 있다고 한다. 석굴 내부에는 불상과 인물상이 새겨져 있다. 이 석굴이 화랑의 수련지였던 점을 감안하면 이 인물상은 화랑의 모습을 그린 것이라 볼 수도 있다.

　특히 화랑 김유신이 이끈 낭도들을 용화향도라 불렀던 점을 상기한다면, 이 석굴의 미륵삼존불과 용화향도의 관련성을 유추해 볼 수

경주 단석산 정상의 단석

있다. 김유신과 그의 낭도들이 미륵신앙을 바탕으로 하여 미래의 이
상세계를 갈구하면서 수행을 하였고, 그들이 기원한 이상적인 미래
는 더 이상 백제와 고구려로부터 침략을 당하지 않는 환경 즉 삼국의
통일이었다는 해석이 가능하다.

　《삼국사기》의 '중악 석굴'이라고 이야기되는 곳이 또 있다. 충청북
도 진천군 이월면 사지부락의 뒷산 중턱에 있는 장수굴이 그것이다.

진천군의 장수굴

진천 사곡리의 단석. 장수굴과 인접하여 있다.

높이 2.7m, 넓이 7m 정도 크기의 이 굴 옆에는 커다란 바위가 있는데 거기에 마애불상이 조각되어 있다.

이곳 주민들은 《삼국사기》 김유신 열전에서 언급된 '중악 석굴'이 바로 이 장수굴이며 김유신이 이 굴에서 기도를 올리다가 신인을 만났다는 전래의 이야기를 굳게 믿고 있다. 진천은 김유신이 성장한 곳이기도 하여 이곳 주민들의 믿음은 더욱 굳은 것으로 보인다.

김유신의 수련장으로 전해지는 곳이 또 있다. 열박산이 그곳이다. 열박산(咽薄山)은 현재의 울산광역시 울주군 두서면과 두동면에 걸쳐 있는 열박재 일대를 가리키는 것으로 짐작되지만 장소가 확실하지 않다.

열박산은 김유신이 18세(612) 때 그곳에서 하늘에 맹세하고 하늘로부터 응답을 받은 곳으로 《삼국사기》 열전 김유신조에 기록되어 있다. '진평왕 34년(612)에 이웃 나라 적병이 점점 닥쳐오자, 공은 장한 마음을 더욱 불러일으켜 혼자서 보검을 가지고 열박산 깊은 골짜기 속으로 들어갔다. 향을 피우며 하늘에 고하여 빌기를 중악에서 맹서한 것처럼 하고, 이어서 "천관께서는 빛을 드리워 보검에 신령을 내려 주소서!"라고 기도하였다. 3일째 되는 밤에 허성(虛星)과 각성(角星) 두 별의 빛 끝이 빛나게 내려오더니 칼이 마치 흔들리는 듯하였다.'는 내용이다.

《신증동국여지승람》 권21 경주부 산천조에는 "열박산은 경주부의 남쪽 35리 지점에 있는데, 속언에 전하기를 김유신이 보검을 가지고 깊은 골짜기에 들어가 향을 사르고 하늘에 고하고 병법을 얻기를 기도했던 곳"이라고 적고 있다. 이로 보아 열박산은 곧 울산시, 밀양군, 청도군의 분수령을 이루는 열박재와 오른쪽으로 이어지는 백운산 일대인 것으로 판단되지만 장소를 확정하기가 쉽지 않다.

허성은 동양의 전통적인 별자리인 28수 중 현무 즉 북방에 있는 별자리로 인간의 생명과 벼슬살이의 운명을 맡고 있는 별자리로 여겨져 왔다. 각성은 28수의 첫째 별자리로 바로 금성이다. 고대인들은 동쪽 하늘에 있는 이 별이 인간의 형벌과 군사를 맡는다고 믿었다. 허성과 각성에서 빛이 내려와 김유신의 보검에 응접하였다는 이야기는 나라를 위해 몸을 바치겠다는 화랑 김유신의 강한 결의가 세간에 널리 알려졌다는 것으로도 해석된다. 열박산의 주봉인 백운산에는 신라시대의 절터와 동굴 등이 있어 이 일대는 김유신뿐 아니라 많은 화랑들의 수도장이었을 것으로 짐작되는데, 삼국통일에 기여한 많은 낭도들이 여기에서 국가를 위한 충성의 의지를 다졌을 것이다.

청원 낭비성지

김유신이 패배로 끝난 전투의 기록은 보이지 않는다. 신채호 선생은 김유신을 두고 '그 평생의 큰 공이 전장에 있지 않다'고 말했다. 그러나 신채호 선생의 눈에는 미흡했을지언정 김유신은 평생 전장을 누볐고 그는 싸울 때마다 승리했다. 그는 필요할 때 과감히 칼을 빼어들었으나 전공을 세우기 위해 안달하지는 않았다. 어려서부터 국가를 위해 일할 결심을 굳히고 15세에 열다섯 번째의 풍월주가 되기

청원 낭비성지. 토성의 흔적이 보인다.

도 했지만, 그가 두드러진 전공을 세운 것은 낭비성(娘臂城) 전투에
임해서이다. 이때 그의 나이 이미 35세였다.

  낭비성은 충북 청원군 북이면 토성리와 광암리 및 부연리의 경계
에 있는 해발 250m의 산 위에 있는 석성이다. 이 성은 원래 고구려
의 지배하에 있었으나 김유신 장군의 활약으로 신라의 품에 들어오
게 되었다.

  진평왕 51년(629), 신라는 고구려의 낭비성을 공격하였다. 진평왕
은 이 싸움에 이찬 임영리, 파진찬 김용춘과 그의 아들 춘추, 소판

김서현과 그의 아들 유신 등을 참전시켰다. 《삼국사기》열전 김유신 조에는 이 낭비성 전투에서 보인 김유신의 활약을 다음과 같이 기록하고 있다.

진평왕 건복 46년(629) 8월, 왕은 고구려의 낭비성을 공벌하게 하였다. 고구려 군사가 성 밖으로 나와 맞아 치므로 전세가 불리하여 죽은 자가 많이 나오고 모두 사기가 꺾여 있었다. 이때 김유신은 중당(中幢)의 당주(幢主)로서 그의 부친 서현에게 나가서 투구를 벗고 말하기를 "우리 군사는 패배하였습니다. 소자는 평생에 충효를 맹세하였사온데 싸움에 임하여 용맹스럽지 않아서는 안 되겠습니다. 제가 앞장서겠으니 허락해 주십시오."하고 곧 말에 올라 칼을 빼어 들고 구덩이를 뛰어 넘어 적진으로 달려들어가 적장의 머리를 베어 들고 돌아왔다. 군사들은 이것을 보고 이긴 기세를 타서 공격을 하였다. 마침내 5천여 명을 참살하고 1천여 명을 사로잡으니, 성 안에서는 크게 두려워하여 같이 대항하지 못하고 모두 나와서 항복하였다.

고구려군의 역습으로 크게 패한 신라군이 많은 전사자를 내고 사기가 꺾여 있을 때, 김유신이 옷깃과 그물 벼리가 되겠다는 각오로 적진에 뛰어들어 고구려 장군의 머리를 베어 돌아왔다. 적진에 뛰어들어 분전하다 전사한 화랑·낭도의 이야기는 적지 않으나 아군의 패색이 짙은 때에 적장의 수급을 베어 생환했다는 이야기는 그리 흔치 않다.

조용히 자신을 단련하며 때를 기다리던 김유신은 이미 싸울 곳과 살아서 돌아올 경로까지 미리 짐작을 했던 듯하다. 열다섯 살에 제15세 화랑 풍월주가 되어 커다란 도량으로 낭도들을 거느렸던 김유신이 오랜 기다림 끝에 드디어 두각을 드러낸 것이다. 낭비성 전투에서의 전공은 풍월주가 된 지 20년이 흐른 뒤의 일이다. 동생 김흠순에 대한 기록으로 미뤄 그도 크고 작은 전투에 참여했을 것으로 짐작된다. 결정적인 순간에 칼을 뽑아 적진에 뛰어들어 전세를 역전시킨 그의 전공에는 그간의 연륜이 묻어 있다고 해도 좋을 것이다.

경산 압량주 연병장

목숨까지도 바칠 만한 신의를 나눌 친구가 평생에 한 사람이라도 있다면, 그 삶은 살 만한 것이라 해도 좋을 것이다. 친구가 아니라 가족이라 해도 그런 믿음을 장담하기 어려운 것이 현실이다.

김유신과 김춘추의 관계에 대한 다양한 해석이 가능하겠지만, 김유신이 목숨을 걸고 김춘추를 구하러 고구려로 진격한 일을 두고 달리 비틀어 볼 이유는 없다. 642년도 저물어가는 겨울, 고구려로 구원병 요청을 위해 떠나는 김춘추가 김유신에게 물었다. "나와 공은 한 몸이요, 나라의 다리와 팔이 되었으니 지금 내가 고구려에 들어가서 해를 입는다면 공은 무심할 수 있겠는가?" 이 물음에 김유신이 "공이 만약 가서 돌아오지 않는다면 나는 말을 끌어 고구려와 백제 양국 국왕의 정원을 짓밟을 것이니 진실로 그와 같지 않다면, 장차

경산의 압량주 압량리 제1연병장

무슨 면목으로 나라 사람들을 대할 것인가?"하고 대답했다. 김춘추
는 김유신에 대한 깊은 신뢰감을 느끼며 생환을 기약하기 어려운 먼
길을 떠난다. 실제 김유신은 고구려로 간 지 60일이 지나도 돌아오
지 않는 김춘추를 구출하기 위해 1만의 결사대를 이끌고 고구려 후

압량주 내리 제2연병장

압량주 선화리 제3연병장

방으로 진입하여 억류되었던 김춘추가 풀려나오도록 한다. 자신의 목숨을 걸고 적의 영토로 진격하여 그의 목숨을 구해낸 것이다.

《삼국사기》 신라본기나 열전에는 김유신이 김춘추를 구출한 후 압량주(押梁州)의 군주(軍主)가 되었다고 기록하고 있다. 642년 연말의 일이다. 압량주 군주로 부임한 김유신은 군사 조련에 힘을 쏟았다. 당시 압량주였던 경북 경산시에는 그때의 군사들이 땀으로 적셨던 유적지가 있다. 경산시 압량면 압량리와 내리, 선화리에 있는 세 곳의 연병장터가 그곳이다. 신라시대의 연병장이었던 것으로 전해지는 이 세 곳은 1971년에 사적 제218호로 지정되었다. 이들 연병장은 경사가 완만한 야산을 활용하여 조성되었다. 압량리의 연병장은 높이 7m 직경 약 90m 정도의 고대(高臺) 모양의 원형광장 형태이다. 현재 남아 있는 면적으로는 대규모의 군사를 훈련한 연병장으로 보기는 어렵다. 하지만 김유신 장군이 압독주로 부임한 것이 분명하고 이 세 곳이 연병장이었던 곳으로 전해지고 있다면, 경산 지역의 다른 어느 곳보다도 연병장이었을 가능성은 높다.

《삼국사기》에는 "선덕여왕 11년(642) 임인에 백제가 대량주를 패배시키니 춘추의 여식 고타소낭이 남편 품석을 따라 죽었다. 춘추가 그것을 한으로 여겼다. 고구려 병사로 백제의 원수를 갚겠다고 청하니 왕이 그것을 허락하였다."고 했다. 그리하여 김춘추와 김유신이 만나 서로의 믿음을 확인하는 이야기를 나누고 함께 손가락을 깨물어 피를 마시고 맹세했다. 김춘추는 "내 계책으론 60일 내에 돌아오는 것이다. 만약 내가 그동안 돌아오지 않으면 다시 볼 수 있는 기회가 없을 것"이라 말하고 떠났다. 두 사람이 나눈 음혈의 맹세는 이후

두 영웅의 협력관계를 말해주는 매우 상징적인 의식이었다.

평양성에 도착한 김춘추는 자신의 목적을 이루기가 어렵다는 것을 깨달았다. 당장 고구려의 군사력을 빌리기를 바라는 김춘추와 옛 고구려 땅의 반환부터 요구하는 고구려와는 애초부터 타협의 접점을 갖기가 어려운 것이었다. 고구려는 김춘추를 감금해버렸다. 김춘추가 간 지 60일이 되어도 돌아올 기미가 없자, 압독의 군주(軍主) 김유신은 선덕여왕이 허락한 1만 명의 군사를 몰아 고구려 국경을 넘어 진격했다. 김유신이 고구려의 남쪽 국경을 넘었다는 보고를 받은 보장왕은 김춘추를 석방했다. 아마도 연개소문이 사신을 억류하고 이를 구하러 온 군사와 명분없는 싸움을 벌인다는 것이 그리 실속 있는 일이 아니라는 판단을 했을 것이다.

고구려가 김춘추를 죽이고 김유신과 일전을 벌이는 선택을 했더라면, 역사의 물꼬는 그 방향을 어디로 했을지 알 수 없는 일이다. 화랑 풍월주 출신의 두 사람은 믿음으로 서로 의지하여 생사를 기약하기 어려운 일에 도전했고 위기도 극복했다. 역사의 갈림길에서 이들은 긴밀한 협력으로 신라의 미래를 개척해 나간 것이다.

화랑이었던 시절 김유신은 그를 따르던 낭도 무리의 이름을 용화향도(龍華香徒)라고 하였다. 《삼국사기》는 "김유신 공은 나이 15세에 화랑이 되었는데, 당시 사람들이 흡족할 정도로 복종하였고 이들을 용화향도라고 호칭하였다."고 적고 있다. '향도'란 흔히 승려와 불자들의 신앙단체를 지칭하고, '용화'라는 것은 불교의 미륵신앙에서 내세불인 미륵불이 도솔천에서 용화수 아래로 내려와 3번 설법한다

의성화랑제

는 데서 나온 말이다. 어떤 연유에 의해 이런 명칭을 쓰게 되었는지는 알 수 없으나, 화랑 김유신이 당시 사람들의 미륵불 신앙에 기댄 것은 분명하다.

김유신이 세운 전공 뒤에는 꾸준한 군사훈련이 있었음은 물론이다. 경북 의성군 비안면의 서부동에서 서쪽으로 약 1km 지점에 화랑재란 고개가 있다. 이 고개의 서쪽으로는 강물이 흘러 낙동강과 합류한다. 이곳은 신라의 화랑과 낭도들이 삼국통일의 대과업을 이루기 위해 수련하던 곳으로 전해지고 있는데, 당시의 사정을 짐작할 만한 흔적은 거의 보이지 않는다.

소방도로로 바뀐 화랑재를 오래도록 둘러보았지만 옛 자취를 찾기가 어려웠다. 산천이 변하는 것은 피할 수 없는 일이다. 변화는 불가피하더라도 지켜야 할 것은 있다. 무엇을 어떻게 지킬 것인가가 우리의 숙제이겠는데, 그 무엇 속에 화랑정신의 정수는 꼭 포함해야 할 것이다.

경주 재매정(財買井)

경주 남천을 사이에 두고 남북으로 건너다보이는 자리에 김유신 장군의 저택이었던 재매정(財買井) 집터가 있다. 반월성에서 서쪽으로 약 400m 거리인데 천관사 절터가 바로 인근에 있다. 《삼국유사》에 의하면 이 재매정을 둘러싸고 있었던 저택은 서라벌에 자리한 35채의 대저택 가운데 하나였다. 지금 경주에는 신라의 민가 유적으로는 오직 이 재매정이 사적 제246호로 지정되어 있을 뿐이다.

재매정은 벽돌처럼 다듬은 화강암으로 독 안처럼 원형으로 쌓아 올리고 그 위에 정사각형의 2단 장대석을 짠 우물이다. 우물 속의 가장 넓은 원형지름이 약 2m이며 상부 장대석 한 변의 길이는 1.8m이다. 이곳이 재매정 집터임을 알려주는 비가 있다. 1872년 경주부윤 이일운이 글을 지어 세운 비로 '신라 태대각간 개국공 김선생 유허비(新羅太大角干開國公金先生遺墟碑)'라 새겨져 있다.

선덕여왕 13년(644), 김유신이 50세 되던 그 해 9월 드디어 대장군에 제수된다. 15세에 풍월주가 되고 17세를 전후하여 산천을 주유하며 천지신명께 서원했던 유신으로 봐서는 매우 늦은 발탁이라고 할 수 있다. 입신양명에 안달하지 않고 때를 기다리는 그의 자제력과 인내심을 읽을 수 있는 대목이다. 김유신 장군의 마음가짐을 논하는 데 있어 이 재매정에 얽힌 이야기 또한 빼놓을 수가 없다. 《삼국유사》 김유신 열전에는 재매정에 관한 다음과 같은 내용의 이야기가 전한다.

김유신은 선덕여왕 13년(644) 소판이 되었고 9월 가을에는 왕명으로 상장군이 되었다. 병사를 이끌고 백제 가혜성, 성열성, 동화성 등 7성을 점령하고 크게 이겼다. 이어 가혜진을 열어놓았다. 을축 정월에 귀환하였으나 아직 왕을 접견하지 못했는데, 백제 대군이 공격해와 매리포성(거창)을 공격한다는 급박한 보고가 전달되었다.

김유신 장군의 집터에 남아있는 우물 재매정

　왕은 또한 유신에게 그곳 방어를 위한 장군으로 임명하여 그들을
물리치도록 하였다. 유신은 명을 듣자 즉시 말에 올라 처자식을 보
지도 않았다. 백제군 무리를 역습하여 2천 명을 베었다. 3월에 서
라벌에 돌아와 미처 집에 들르기도 전에 백제병이 국경에 주둔했다
는 급보가 또 올라와 장차 크게 우리를 침입해 올 것이라고 하였다.
왕이 다시금 유신에게 "공에게 청하건데 노고를 아끼지 말고 빨리
가서 그들이 도착하기 전에 준비하라."고 했다. 유신은 집에 들어
가지 않고 군대를 모아 서쪽으로 나아갔다. 이때에 유신의 집에 이
르자 모두 문밖에 나와서 기다리는데 유신은 문을 지나면서 가족들
을 돌아보지도 않고 행군하였다. 오십 보쯤 다다르자 말 위에서 집

에서 마시던 물을 가져오라고 명하였다. 유신은 그것을 마시고 우리 집 물이 옛 맛 그대로라고 했다. 이때에 군중이 모두 말하였다. 대장군이 이와 같은데 우리들 무리가 어찌 골육과의 이별을 한탄하겠는가. 이에 그 전쟁터에 이르러 백제인들이 우리 병력을 보건데 감히 핍박하고 물리칠 수 없었다. 대왕이 이를 듣고 심히 기뻐하여 작위와 상을 주었다.

순(舜) 임금 밑에서 치수를 담당하던 우(禹)가 물길 잡는 공사에 8년을 돌아다닐 때, 자기 집 앞을 세 번 지나치면서 한 번도 들르지 않았다고 했다. 재매정 이야기 역시 공무에 임하는 김유신 장군의 마음가짐을 웅변해주는 일화의 하나다.

삼국시대를 살았던 민초들에게 중요한 것은 싸워서 이기는 것이고 살아남는 것이었다. 그 중요한 열쇠를 통솔하는 이들이 쥐고 있었다. 삶과 죽음을 넘나드는 전장을 누비는 병사들의 사기가 올라가면, 전투에서 승리할 가능성도 커지고 그들이 살아남을 가능성도 높아진다. 대군을 이끄는 김유신은 장군으로서 부하들에게 보여야 할 자세를 알았고, 그렇게 실천했고, 그리하여 언제나 이겨 그들의 희생을 줄였다.

경주 명활산성

명활산은 경주시 동쪽의 보문동에서 천군동에 걸쳐 있는 표고 245m의 낮은 산으로 대왕암이 있는 동해안에서 서라벌로 연결되는 최단거리에 위치해 있다. 동해안으로부터 접근하는 적, 특히 왜구의 침입으로부터 신라의 심장부를 보호하기 위해 명활산성이 매우 중요하다는 것을 어렵잖게 짐작할 수 있다.

명활산성이 축조된 시기는 명확하지 않으나, 《삼국사기》에 신라 실성왕 4년(405)에 왜병이 명활성을 공격했다는 기록이 보이므로 실성왕 4년(405) 이전에 신축된 것은 분명하다. 명활산성에는 명활산성작성비가 남아 있는데, 축성 공사에 참여한 사실을 기념하는 의미도 있지만 무엇보다 공사의 책임한계를 명확히 하는 기능을 했다. 비문에는 해서체로 간지와 서두, 공사 책임자와 실무자 이름, 공사 담당거리와 위치, 공사 참가자 수, 공사 기간, 글쓴이 등이 적혀 있다. 비석의 건립 연대인 신미년은 진흥왕 12년(551)으로 추정되고 있다.

눌지왕 15년(431)에도 왜구가 명활산성을 포위하고 공격하였다는 기록이 있다. 이런 기록들로 보아 실제 명활산성이 왜구를 막는 데 매우 중요한 기능을 했음을 알 수 있다. 자비왕 18년(475) 정월부터 소지왕 10년(488)까지 13년간은 명활산성에 왕이 머무르기도 했다. 당시 백제가 왜국과 손을 잡고 있는 상태에서 왜구의 침략은 거듭되고 있고, 장수왕 치하의 고구려도 남하정책을 강화하고 있어 평지의 월성에 있기가 불안해서 취한 선택이었던 것으로 보인다.

명활산성 축성비

　명활산성은 이런 기능 외에도 되새겨 볼 만한 역사적 사실을 간직하고 있다. 선덕여왕 16년(647)에 일어난 비담(毗曇)의 난이 그것이다.

　새로운 힘은 기득권을 누리는 세력에게는 불편함으로 다가오기 마련이다. 여태껏 자신의 몫이라고 생각했던 영역을 잠식해오는 새로운 힘과 타협할 것인가 아니면 반발할 것인가 하는 것은 기득권자로서는 매우 고민스러운 선택의 문제가 아닐 수 없다. 선덕여왕 14년

(645)에 상대등(上大等)으로 임명된 비담도 그런 선택의 갈림길에 서게 되었다. 그리고 그의 선택은 반란이었고, 그 결과는 자신을 포함한 9족이 목숨을 잃는 참화를 당하는 것이었다.

멸문의 화를 입은 비담의 가계는 불분명하지만, 645년에 상대등에 임명된 것으로도 그가 기득권을 누려온 서라벌 정통 진골이었음을 짐작할 수 있다. 고구려와 백제의 틈바구니에서 당나라의 도움을 얻어서라도 활로를 찾고자 하는 선덕여왕이 중용한 김춘추와 김유신은 신라의 생존을 위해 권력을 중앙으로 집중시키고자 했다. 하지만 기득권을 오래 누려온 귀족층은 변화가 불편했다. 상대적 박탈감마저 느꼈다.

불편함은 때로 사사로운 욕구를 더욱 부추기기도 한다. 선덕여왕 16년(647) 정월 초, 상대등이었던 비담은 "여왕이 존재하는 한 나라가 옳게 다스려질 리가 만무하다."는 이유를 내세워 반란을 일으켰다. 《삼국사기》 진덕여왕조에 기록되어 있는 '비담의 난'의 발생에서 평정되기까지의 경위를 거칠게 옮기면 다음과 같다.

16년 정미년에 선덕여왕이 죽고 진덕여왕 원년이 된다. 대신 비담과 염종이 선덕여왕은 능히 통치를 잘할 수 없으니 거병하여 선덕여왕을 폐하고자 하였다. 왕은 안에서부터 막아내었고 비담 등은 명활성에 주둔하였다. 왕의 군대는 월성에 주둔하여 성을 지킨 지 10일이 지났지만 풀리지 않았다. 한밤중에 큰 별이 낙성에 떨어지니 비담 등이 병사들에게 일렀다. 내가 들으니 별이 떨어진 곳에는 필히 유혈이 낭자할 것이다. 이는 여왕이 위태로워 패전을 하는 징조이다. 병사들이 함성을 지르자 그 소리가 진동하였고 선덕여왕이

복원된 명활산성

그것을 듣자 두려워 머뭇거렸다. 유신이 왕을 보고 말하기를 "길흉
은 일정한 것이 아니라 오직 사람이 정하는 바입니다. 옛날 은나라
주왕은 붉은 공작으로 망하고, 노나라는 기린을 잡아서 쇠하였습니
다. 은나라의 어진 임금이었던 고종은 꿩이 울자 흥하고 정공은 용
이 싸움으로써 창성하였습니다. 그러므로 덕이 요사함을 이길 수
있는 것을 안다면 별들의 변화는 족히 두려워하지 마십시오." 이렇

게 왕에게 두려워하지 말기를 청하였다. 이에 허수아비를 만들어 불을 붙이고 바람부는 연에 실어 날려보냈다. 위로 올라가는 것이 자연스러웠다.

다음날 사람을 시켜 길거리에서 전하게 하였는데 어젯밤에 떨어진 별이 위로 올라갔다고 하였다. 적군들도 의심하게 만들었다. 또한 백마를 잡아 별이 떨어진 곳에 제사를 드렸다. 제사 축문으로 말하기를, "하늘의 도가 양은 강하고 음은 부드럽고 사람의 도는 임금을 높이고 신하를 낮추는 것이다. 진실로 누가 이를 뒤집으면, 즉시 큰 난리가 될 것이니 지금 비담 등이 신하로서 주군을 모해하고 아래로부터 위를 범하는 것은, 소위 '난신적자'인 것이다. 사람과 신이 같이 미워하고 하늘과 땅이 용서하지 못하는 바 지금 하늘이 이와 같이 의지가 없이 반대로 별이 괴이하게도 왕성에 보이게 한 것이라면 이것은 신이 의심을 가지고 있는 바이며 깨우치지 못할 것입니다. 오직 하늘의 위엄으로 사람의 욕심이 따르는 바 선을 선하게 악을 악하게 하여 신(神)이 부끄럽지 않게 하소서." 이때에 여러 장수들을 독려하여 격퇴하니 비담 등이 패하여 도주하였다. 추격하여 구족을 참수하였다.

비담의 난이 진압되기 전에 병석의 선덕여왕은 승하하고, 진덕여왕이 위를 이었다. 위의 기록으로 볼 때, 김유신의 식견과 일의 대처 능력이 매우 뛰어났던 것을 인정하지 않을 수 없다. 우선 정나라의 고사로 선덕여왕을 안심시킨 것도 인상적이다. 정(鄭)나라에 홍수가 나서 용이 성문 밖에서 싸움을 벌였다. 사람들이 물신이 노해서 용이 물에서 나와 다툰다고 하고 제사를 드려야 한다고 하자, 당시 재상인

자산(子産)이 "우리는 용에게 구하는 바가 없고, 용 또한 우리에게 구하는 바가 없으니 제사는 필요 없다"고 했다. 이 일 이후로 정나라가 잘 다스려졌다고 하는 고사다. 김유신이 이 이야기를 선덕여왕에게 들려주고 안심을 시킨 것이다. 별이 떨어진 불안한 현상에 대해서도 심리전에 능한 지략가로서의 역량을 유감없이 발휘하고 있다.

김유신의 위기 대응 능력이 탁월했다고 해서 '음험한 음모를 꾸미는 모사가'로 폄하하는 것은 적절치 않다고 본다. 그는 무엇보다 공과 사를 분명히 했기 때문이다. 그는 비담과 같은 욕심을 부려볼 만한 병권을 장악하기도 했고, 연개소문과 같은 권력자의 위치가 될 힘을 충분히 가지기도 했다. 그럼에도 그가 지향했던 바는 자신이 무엇을 취하느냐가 아니라 자신의 힘을 어디에 보태느냐 하는 것이었다. 그는 신라를 위해 진력했던 공인이었고, 공인으로서 지켜야 할 순리를 따랐던 충신이었다.

군위 장군당 외

신라가 백제를 무너뜨리던 그 해 660년, 5월 26일에 드디어 무열왕은 출정을 명하고 김유신과 더불어 금성을 출발했다. 장도에 오른 신라의 대군이 영천 신령 소계(현재의 효령면 화계동)를 거쳐 군위 장군동에 진을 치고 군사를 주둔시켰다. 김유신 장군이 통솔하는 사기충천한 군대는 이 지역의 백성들에게 깊은 인상을 주었다. 군위(軍威),

군위의 장군당

장군동(將軍洞) 등의 지명은 이때에 생긴 것이라고 전해지고 있다.

또 이 사실을 기리기 위해 고려 말엽 이곳 사람들이 산 위에 조그만 사당을 지어 장군당이라 하고, 김유신 장군의 위패를 모셨다. 그리고 매년 단옷날이면 사당 주위에 많은 기치 창검을 둘러 세우고 북을 치며 현감 이하 여러 관원들과 지방민들이 제사를 지내기 시작했다. 현재의 사당은 1970년대에 퇴락한 이전의 목조건물을 중건한 것이다.

김유신 장군을 숭앙하여 사당을 짓고 제사를 모시는 곳은 군위 효

김유신의 생애와 공적이 기록되어 있는.화부산사 순충장렬흥무왕화산재기적비

령의 장군당 외에도 수없이 많고 그것도 전국에 산재되어 있다. 경주의 서악서원, 광주의 장렬사, 금산의 면봉사, 고창의 백양사, 부안의 개암사, 진양의 남악사, 화성의 금산사, 군산의 운림사, 김제의 벽성서원, 성평의 유음사, 전주의 완산사, 부여의 부풍사, 무안의 연계사, 정읍의 태흥사, 강릉의 화부사, 진천의 길상사 등이 모두 김유신 장군을 기리는 민간의 의식을 반영하고 있는 곳이다.

강릉의 화부산사. 김유신 장군의 위패를 모신 사당이다.

무엇이 이런 현상을 가능하게 하였을까? 그에게 백성들이 의지하고 싶어할 만한 믿음직한 무엇이 있었기 때문일 것이다. 그에 대한 민간의 신뢰감은 어느 누구가 고취하고자 해서 생길 것은 아니다. 그의 행적이 그런 믿음을 불러일으킨 것이다. 백성들의 이런 믿음이 여실히 확인되는 곳 중의 하나가 강릉에 있는 화부산사이다.

　강릉시 교동(校洞)에 위치한 화부산사는 김유신 장군을 모신 사당이다. 태종무열왕 8년(661), 백제를 평정한 이듬해에 말갈족이 침입하여 신라의 북쪽 경계가 되는 강릉지방을 자주 침범하여 괴롭혔다. 김유신 장군은 곧 군사를 이끌고 와서 강릉 북쪽의 화부산 밑에 진을 치고 주둔하였다. 적은 김유신 장군의 위세에 눌려 다시는 침범하지 못하고 변방이 평안하게 되었다.

　김유신 장군이 세상을 떠나자 강릉지방 사람들은 그의 유품을 소장하고 추모하기 위하여 화부산 밑에 사당을 세웠다. 이 사당이 조선 말엽 퇴락해지자 고종 21년(1884) 후손인 홍두 등이 화부산사 옛터에 중건하고 제중사에서 위패를 옮겨 봉안하였다. 1936년 동해철도 부설로 사당이 있던 일대가 강릉역 부지에 포함됨에 따라 현 위치로 이전, 신축되었다. 경내에는 1910년에 건립된 순충장렬흥무왕 화부산재기적비(純忠壯烈興武王花浮山齋紀蹟碑)가 있다. 매년 봄과 가을에 향사된다.

　장군당이나 화부산사 모두 어떤 지도자든 민심과 함께 해야 한다는 것을 일깨워주는 주요한 유적지이다. 화랑 출신의 김유신 장군은 백성들의 두터운 신망을 모았다. 그에게 보내는 백성들의 믿음에는 단순히 전승의 공에서 비롯된 것만으로 보기에는 어려운 무엇이 있다. 죽을 때를 놓친 아들 원술랑을 냉혹하게 내쳤던 데서 확인할 수 있듯이, 백성들의 신망을 모을 만한 지도자로서의 뼈아픈 자기희생이 있었기 때문이다. 화랑정신을 노블레스 오블리주에 비견하는 것도 이런 이유다.

초기 로마시대에 왕과 귀족들이 보여준 투철한 도덕적 의무와 솔선수범하는 공공정신은 신라의 화랑정신과 상당 부분 닮았다. 초기 로마 사회에서 귀족층의 전쟁 참여 전통은 굳건히 지켜져서, 로마 건국 이후 500년 동안 원로원에서 귀족이 차지하는 비중이 15분의 1로 급격히 줄어든 것도 계속되는 전투로 귀족들이 많이 희생되었기 때문이라고 한다. 로마가 당시 세계의 맹주로 자리할 수 있었던 것도 귀족층의 이런 솔선수범과 희생이 있었기 때문이다.

제1차 세계대전과 제2차 세계대전 때, 영국의 고위층 자제가 다니던 이튼칼리지 출신 중 2천여 명이 전사했고, 6·25전쟁 때에도 미군 장성의 아들이 142명이나 참전하여 35명이 목숨을 잃거나 부상을 입었다고 한다. 현대에도 여전히 이어지고 있는 노블레스 오블리주의 전통이다.

신라 역시 화랑정신으로 무장한 지배층의 '국가를 위한 개인 희생'으로 삼국통일을 이루었다. 삼국통일은 결코 우연의 소산물이 아닌 것이다. 지도자들이 어떤 의식을 가지고 무엇을 실천하느냐에 따라 그 조직의 운명이 달라지는 것은 신라시대나 지금이나 마찬가지다. 화랑들이 실천했던 신라형 노블레스 오블리주 정신을 주목할 필요가 있는 이유다.

경주 김유신 장군 묘

경북 경주시 충효동에는 사적 제12호로 지정된 흥무왕(興武王) 태대각간(太大角干) 김유신의 묘가 있다. 송화산 중턱에 자리잡은 이 묘는 왕릉에 못지않은 규모의 반듯한 자태를 드러내고 있는데, 김유신이 죽은 후 흥무대왕으로 추봉되어 다시 꾸며졌을 가능성이 크다. 장군의 묘를 장식하고 있는 12지신상에서는 석물을 다루는 장인의 빼어난 솜씨를 느낄 수 있다.

김유신 장군의 잘 단장된 묘에서 엉뚱하게도 오이디푸스극의 마지막 장면을 떠올렸다. 소포클레스에 의해 3부곡으로 재생되기도 한 그리스의 비극 〈오이디푸스〉는 젊은 오이디푸스가 스핑크스를 물리치고 테베의 영웅으로 때마침 비어 있는 왕좌에 올라 홀로 있던 왕비 이오카스테와 결혼하여 4명의 자녀까지 두고 영화를 누렸으나 결국 자신이 생부 라이오스 왕을 살해한 장본인이고, 그가 결혼한 왕비는 그의 생모였음을 알게 되어 자신의 두 눈을 찔러 장님이 된 채 방랑의 길을 떠난다는 내용이다.

오이디푸스는 자신의 기막힌 현실을 깨닫고는 "아! 운명이여 너는 어디서 왔는가?"라고 절규한다. 그때 극의 마지막 코러스가 흘러나온다. "조국 테베 사람들아 명심하고 보라. 이 이가 오이디푸스이시다. 그 이야말로 그 이름 높은, 죽음의 수수께끼를 풀고 권세 이를 데 없는 사람. 온 장안의 누구나 그 행운을 부러워했건만 아! 이제는 저토록 격렬한 풍파에 묻히고 마셨다. 사람으로 태어난 몸은 누구나 조심스럽게 마지막 날 보기를 기다려라. 아무 괴로움도 당하지 말고 삶

경주에 있는 김유신 장군의 묘

의 저편에 이르기 전에는 이 세상 누구도 행복하다고 말하지는 말아
라."라는 노래에는 그리스인들이 비극을 그토록 사랑했던 이유가 묻
어난다. '누구든 조심스럽게 마지막 날 보기'를 주문하는 코러스는
영웅조차도 피할 수 없는 운명의 준엄한 손길을 말해주며 관객들의
고개를 끄덕이게 만든다.

진평왕 17년(595)에 태어나 태종무열왕과 함께 삼국통일을 이끌다가 문무왕 13년(673)에 79세로 별세한 영웅 김유신은 명예롭게 삶의 저편에 이르렀다. 그는 무열왕의 처남에 문무왕의 외숙이요 다시 무열왕의 사위로 왕가와 관계가 이중 삼중으로 다져진 공고한 위치에 있었던 최고의 권력자였다. 그럼에도 자만에 빠지지 않았고 공사 구별이 누구보다 엄격했다. 숱한 난관이 있었지만, 그는 자신의 길을 잘 지켜 신하로서는 최고의 영예를 안은 동시에 많은 사람들의 존경을 받았다. 그는 자신에게 부여된 시대적 사명을 잘 수행했다. 그가 확고히 지켰던 것은 화랑정신이었고, 또 화랑정신은 그의 삶을 굳건하게 만들었다.

662년(문무왕 2), 68세의 대장군 김유신이 평양성 가까이에 포진한 소정방에게 식량 전달을 위해 노구를 이끌고 엄동설한의 험로를 다녀왔다. 이 일은 그가 세운 다른 어떤 전승의 공로보다도 더 깊은 감명을 준다. 그 식량 수송 임무는 빛나는 전과를 기대할 수 있는 일도 아니었고, 다른 핑계로 가지 않을 수도 있는 일이었고, 무엇보다 극심한 고통이 기다리고 있는 길이었다. 그러나 이미 일흔에 가까운 나이의 그는 그 임무를 피하지 않았다. 그에 대한 어떤 다른 평가가 가능할지라도, 신라를 위해 이 빛나지 않는 중책을 기꺼이 떠맡은 그의 진정성을 폄하할 수는 없을 것이다.

문무왕의 아우 김인문 외 여러 명의 장수가 동행하기는 했지만, 2천여 량의 수레에 쌀 4천 석과 벼 2만2천 석을 싣고 험로를 통해 혹한 속의 고구려 영토를 다녀온다는 것은 칠십 노인에게는 너무나 가혹한 일이었다. 그럼에도 그는 추위와 고된 행로가 주는 고통과 적의

김유신 장군 초상

기습에 대한 두려움으로 위축된 젊은 병사들을 독려하여 임무를 수행했고, 빠른 판단으로 위기를 극복하고 무사히 귀환했다. 식량을 받아챙긴 소정방이 평양성 공략을 포기하고 철수해버린 것이 얄미움으로 남지만, 김유신이 그 식량수송 임무를 떠맡아 수행했던 일은 그가 어떤 정신력의 소유자인지를 여실히 입증했다.

김유신은 그에게 내려진 시대적 소명을 멋지게 완수한 영웅이었다. 그는 마지막 날까지 초심을 잃지 않았던 진정한 화랑이었다.

태종무열왕
삼국통일의 길을 연 협력의 리더십

경주 태종무열왕릉

사적 제20호로 지적되어 있는 태종무열왕릉은 경주시 서악동 선도산 기슭에 자리잡고 있다. 능은 둥글게 흙을 쌓아 올린 원형봉토분으로 둘레가 110m에 이른다. 봉분 밑 둘레에는 드문드문 자연석을 돌려두고 있다. 봉토가 무너져 내리는 것을 막기 위하여 자연석으로 축대를 쌓은 후 돌 축대가 힘을 받을 수 있도록 큰 돌로 괴어 놓은 호석(護石) 형식이다.

무열왕릉의 앞쪽에 약간의 거리를 두고 화강암으로 조각한 국보 제25호인 태종무열왕릉비가 있는데, 비신은 없고 귀부(龜趺)와 비석의 머리부분인 이수(螭首)가 있다. 귀부는 길이가 약 3.3m, 폭은 2.54m로 장방형의 기석(基石) 위에 얹혀져 있다. 이수는 높이가 약 1.1m로 여섯 마리의 용이 서로 등을 향해 구부리고 있는 모습을 하고 있는데, 이수의 중앙에 전서(篆書)로 태종무열왕지비(太宗武烈王之碑)라 두 줄로 양각되어 분묘의 주인공이 무열왕임을 알려주고 있다. 글씨는 김인문이 썼다고 한다.

태종무열왕 김춘추는 신라 제29대 왕으로 진덕여왕의 뒤를 이어 진골로서는 처음으로 왕위에 오른 임금이다. 왕은 즉위 전에 선덕·진덕 두 여왕을 보필하여 삼국통일의 기반을 다졌고, 결국에는 자신의 즉위 후 백제를 무너뜨렸다. 선덕여왕 11년(642) 대야성 전투에서 사위 김품석과 딸 고타소가 목숨을 잃게 되자 이를 계기로 통일을 향한 적극적인 노력을 펼쳤다. 그는 특히 고구려, 왜, 당을 직접 방문하여 외교활동을 벌이기도 했다. 고구려와 왜에서는 가시적 성과를 거두지 못했으나 당과는 기어이 군사 동맹을 실현했다.《일본서기(日本書記)》에는 태종무열왕 김춘추가 미남이고 능변이라 좋은 인상을 주는 사람이라 하였다. 당에서도 그의 명성이 높아 인품과 수완으로 외교에 성공을 거두었다.

무열왕은 즉위한 첫 해(654년)에 바로 이방부령 양수(良守)에게 명하여 율령을 상세히 살피게 하여 내정을 다졌다. 재위 7년(660년)에는 드디어 당과 연합하여 백제를 공략하였다. 친히 태자 법민과 김유신 장군을 대동하여 정병 5만을 이끌고 남천정까지 행차하여 신라군을 독려했다. 그의 명을 받은 김유신 이하 5만의 군사는 마침내 백제를 무너뜨렸다. 그러나 왕은 삼국통일의 대업이 성취되는 것을 보지 못하고 그 이듬해(661)에 승하하고 만다. 대업의 마무리는 그의 장남 문무왕에 의해 이뤄진다.

《화랑세기》는 태종무열왕 김춘추를 찬하여 "세상을 구제한 왕이고 영걸한 임금이다. 한 번 천하를 바로잡으니 덕이 사방을 덮었다. 나아가면 태양과 같고 바라보면 구름과 같다."고 적었다. 태종무열왕의 치적을 기록하고 있는 《삼국사기》나 《삼국유사》를 보면 이런 찬사를

태종무열왕릉

실감할 수 있을 만큼 그리 야단스럽지는 않다. 실제 그는 어떤 인물
이었으며, 어떤 지도자였는가?

　김춘추는 신라 제25대 진지왕의 손자다. 아버지는 진지왕과 지도
태후 사이에 난 아들 용춘이고 어머니는 진평왕의 딸 천명부인이다.
김춘추의 아버지 용춘공은 제13세 풍월주로 화랑이 골품에 좌우되는
구습을 타파하여 실질을 숭상하는 기풍을 크게 진작한 인물이다.
　김춘추는 널리 알려진 바와 같이 김유신과는 처남남매 간이다. 유

국보 제25호인 태종무열왕릉비

신이 춘추와 더불어 축국을 하다가 유신이 일부러 춘추의 옷섶을 밟아 옷고름을 찢었고, 이를 꿰매도록 누이에게 시킴으로써 유신의 누이 문희와 맺어지도록 했다는 것은 널리 알려진 이야기다. 물론 언니인 보희의 꿈을 문희가 비단치마로 바꾸었다거나, 임신한 문희를 태워 죽이려는 듯 장작을 쌓고 불을 질러 높이 오른 불길에 놀란 김춘추가 달려오도록 했다는 등의 이야기가 항상 붙어 다닌다. 문희와 남녀의 정을 나누었을 때 김춘추에게는 이미 정궁부인인 보라궁주가 있었다. 보라궁주가 아이를 낳다가 죽자 문희가 뒤를 이어 정궁이 되었다. 문희에게 꿈을 판 보희는 꿈을 바꾼 것을 후회하여 다른 사람에게 시집을 가지 않았는데, 김춘추공이 첩으로 삼았다고 《화랑세기》는 적고 있다.

태종무열왕릉비의 머릿돌

김춘추는 그와 정궁부인 보라궁주 사이에 낳은 딸 고타소를 몹시 사랑했는데 김춘추는 그녀를 김품석에게 출가시켰다. 이찬의 벼슬로 대야성 도독이 된 김품석과 그의 부인 고타소가 선덕여왕 11년(642)에 있었던 대야성전투에서 백제군에 의해 목숨을 잃었다. 김춘추의 상실감과 끓어오르는 복수심은 대단했다. 그가 그 해 겨울, 불편한 관계일 수밖에 없는 고구려에 원군을 청하러 간 것으로도 그 결의를 짐작할 수 있다. 때마침 연개소문이 영류왕을 죽이고 보장왕을 세운 직후라 고구려가 어떤 반응을 보일지 알 수 없는 모험의 길이었다. 살아 돌아오는 걸 담보할 수 없는 험로를 선택한다는 것은 아무나 할 수 있는 일이 아니다. 김춘추는 그 길을 자원했다. 그의 시도를 복수심만으로 설명하기는 어렵다. 그의 고구려 방문을 어떻게 해석하든 그렇게 결심하고 실천한 이가 김춘추였다.

김춘추의 고구려 원군 요청은 실패로 돌아갔다. 그러나 고구려로 떠난 뒤 압량주 군주가 된 김유신의 망설임 없는 군사행동 덕분으로 그는 생환했고, 처남 김유신과의 믿음을 확인하는 값진 소득을 얻었다. 이 두 사람이 나눈 믿음은 그들의 삶에 있어서도 중요하였지만 신라의 국운에도 크게 작용하였다. 김춘추의 원군 요청 직전 고구려의 권력층 내부에서 분 피바람이 결국에는 고구려 비극의 전조가 되었던 점을 생각한다면 김춘추, 김유신 두 사람의 신뢰관계는 신라 흥성의 기운이라고 하지 않을 수가 없다.

당나라에 저자세 외교로 일관하는 영류왕과 그를 추종하는 수많은 귀족을 살해하고 스스로 최고의 권력자가 된 연개소문이 당 태종의 대군을 막아낸 공과를 간단히 평가하기는 어렵다. 그러나 힘을 결집했던 신라와 비교하면 그의 용맹함과 자주정신도 그 빛이 바랠 수밖에 없다.

진덕여왕은 재위 8년(654)에 승하했다. 김유신이 60세 되던 해이다. 《삼국사기》 김유신조에는 "진덕왕이 돌아가고 후사가 없으니 유신이 재상 알천과 의논하고 춘추 이찬을 맞아 즉위케 했다."고 적고 있다. 화백회의에서 섭정왕으로 추대받은 알천은 "나는 늙고 이렇다 할 만한 덕행도 없다. 지금 덕망이 높기는 춘추공만한 이가 없으니 그는 실로 세상을 건질 영웅이라 할 수 있다."며 사양했다.

진덕여왕 즉위년(647)에 반란을 일으키다 죽은 비담의 뒤를 이어 상대등에 오른 알천은 635년(선덕여왕 4) 왕명을 받아 여근곡에 숨어 있던 백제 장군 우소(于召)의 군사를 물리친 것을 비롯하여 많은 공훈을 세운 원로로 구 귀족 세력의 대표적인 인물이었다. 비담의 난 이후 김유신 중심으로 이뤄진 권력이동이 알천의 섭정왕 사양으로 이어졌을 가능성은 다분해 보인다. 어떤 숨은 이유가 있든, 알천이 섭정왕을 사양한 일은 권력투쟁에 의한 소모적 갈등을 줄여 결과적으로 삼국통일에도 기여한 셈이다. 드디어 김춘추가 왕위에 올라 첫 진골 임금이 되었다.

김춘추는 김유신과 더불어 신라의 삼국통일을 이룬 핵심 인물이다. 혹자는 이런 평가에 값할 만한 역할을 하였는가 하는 의문을 제기하기도 한다. 신하인 김유신에 비해 군왕인 김춘추의 역할이 오히려 작아 보인다는 소감을 피력하는 평자도 있다. 그렇게 보이면서도 대업을 잘 이끌어 낸 것이 김춘추 지도력의 뛰어난 점이었다. 그는 자신을 드러내기보다는 대업이 완성되는 데 초점을 맞추었다. 그가 지도력을 제대로 갖추지 못한 인물이었다면 김유신을 질시와 의심의 눈으로 볼 수도 있었다. 남생과 남건 형제의 갈등을 보더라도 그릇이 작았더라면 그런 일이 일어날 가능성도 있었다는 것이다. 그러나 김춘추의 품은 넉넉했다. 처남이자 사위이고 선배 풍월주이기도 한 손위 김유신을 부드럽게 끌어안았고, 군신 간에 멋진 역할 분담의 협력 관계를 유지했다.

한 나라를 다스리는 위치에 서는 것은 하늘의 도움이 있지 않으면 기대하기 어려운 특별한 일이다. 그럼에도 그런 위치에 선 사람은 무수히 많다. 그 숱한 지도자 중 특별한 지도력을 발휘한 인물도 있고, 기본에도 미치지 못하는 형편없는 인물도 있다. 그 인물 됨됨이 여하에 따라 그의 영향권 아래에 있는 수많은 사람들이 안정된 삶을 즐기기도 하고 감당하기 어려운 고통 속에 빠지기도 한다. 지도자가 중요한 이유다.

《화랑세기》는 태종무열왕 김춘추에 대해 "얼굴이 백옥과 같고 온화한 말투로 말을 잘 했다. 커다란 뜻이 있었고 말수가 적었으며 행동에는 법도가 있었다. 유신공이 위대한 인물로 여겨 군(君)으로 받들었으나 왕이 사양하여 부제가 되었다. 유신공이 퇴위했으나 보종과 염장 양 공이 있었기에 왕은 양보하여 기다렸다. 이에 이르러 풍월주에 오르니 보령이 24살이었다."고 제18세 풍월주가 되기까지의 경과를 간략히 적고 있다. 그가 온화하며 행동에 법도가 있었고 겸양의 미덕을 지닌 인물이었다고 말하고 있다. 이 기록만을 두고 보더라도 김춘추는 남다른 인품을 갖춘 인물이었던 것이 분명하다.

나당연합군에 의해 처참하게 짓밟힌 백제와 고구려의 백성들은 나라를 잃는 비극이 어떠한가를 뼈저리게 느꼈을 것이다. 그리고 나라를 제대로 지켜내지 못한 왕실과 귀족들에 대한 분노도 컸을 것이 분명하다. 이와는 대조적으로 왕과 신하의 협력으로 삼국통일을 이룬 신라의 지도층이 백성들로서는 참으로 믿음직했을 것이다. 이웃 나라와 끊임없이 다투어야 했던 시대에, 천시(天時)나 지리(地利)보다도 중요한 인화(人和)를 잘 이뤄서 백성들을 지켜낸 김춘추의 조용한 리더십을 뛰어나다고 평가하지 않을 수 없다.

부산 태종대

태종대는 부산광역시 영도에 있는 명승지이다. 영도의 남단에 위치한 태종대는 기암절벽과 울창한 송림이 바다와 어우러져 절경을 이룬다. 지금은 이곳에 약 4km에 달하는 순환관광도로가 나 있고 관광객을 위한 전망대가 마련되어 있어, 멀리 바다 건너 대마도까지 볼 수 있는 관광지로 각광을 받고 있다.

삼국통일의 대업을 수행하던 태종무열왕이 이곳에 들러 울창한 수림과 수려한 경치에 심취해 활을 쏜 곳이라 하여 태종대라 이름이 붙여졌다는 것이 《동래부지(東來府誌)》의 기록이다. 무열왕이 이곳을 방문한 목적이 무엇인지, 어느 때 이곳을 방문하여 어떤 생각을 했는지는 자세히 알 수 없다. 그러나 신라에 필요하다면 어디든 갔던 그

부산 태종대의 선착장. 뒤로 등대가 보인다.

가 여기에서 바다 건너의 왜를 생각하며 여러 가지 신라의 미래에 대한 구상을 했을 가능성은 미루어 짐작할 수 있다.

앞에서 살핀 바와 같이 647년이 밝자 신라에서는 상대등 비담의 난이 일어난다. 난은 김유신과 김춘추의 긴밀한 협력으로 진압되었다. 그 와중에 선덕여왕이 승하하고 진덕여왕이 왕위에 오른다. 이해 김춘추는 왜국을 방문하는데, 왜국과 백제의 동맹을 깨는 것이 목적이었다. 그러나 고구려의 경우처럼 이 방문 역시 실패로 끝났다. 그 해에도 당 태종 이세민은 이세적과 우진달을 육지와 바다로 보내 고구려를 공격했고, 이듬해에도 무력도발을 멈추지 않았다. 누구도 한 치 앞을 장담하기 어려운 동아시아의 정세였다.

진덕여왕이 등극한 이듬해(648), 백제 장군 의직이 요차성 등 신라의 서쪽 변경을 공격하여 점령하자 압독주 도독 김유신이 출병하여 탈환한다. 김춘추는 당나라에 가서 당 태종을 대면하고 나당군사동맹을 맺었다. 같은 시대를 산 걸출한 두 사람의 만남이었다. 물론 신라가 부탁하는 입장이었으니 굽히고 들어갈 수밖에 없었을 것이다. 오늘날의 시각으로 보면 굴욕외교인 것이 분명하다. 그러나 당시 나라의 존망을 걸고 외교를 펼치는 신라의 처지를 생각한다면 뭐라고 비난하기도 어렵다. 삼국이 정족(鼎足)의 안녕을 기대하기가 어려웠던 이 시기에 신라의 지도자들이 취했던 선택과 결정을 오늘날의 시각으로 평가하는 데에는 한계가 있다. 분명한 것은 백제나 고구려의 지배층이 이런 노력을 기울였더라면 역사는 또 달라졌을 것이라는 점이다.

김춘추가 당나라에 가서 외교전을 펼칠 동안 김유신은 압량주 군사를 선발해서 대량주로 진군하여, 백제군 1천 명을 베고 8명의 장수를 포로로 잡아 백제 땅에 묻힌 김품석과 고타소의 유골과 교환하는 전과를 올렸다. 계속 백제로 진군한 그는 악성(嶽城) 등 12성을 함락하고, 백제군 2만 명의 목을 베고 9천 명을 포로로 잡는 전공을 세운다. 이런 공로로 김유신은 이찬으로 승진하고 상주 행군대총관이 되었다. 다시 백제를 공격하여 진례 등 9성을 쳐서 빼앗고 9천 명을 베고 6백 명을 포로로 하였다. 김유신의 전과와 김춘추의 외교가 잘 어우러졌던 것은 신라의 국운이 그랬기 때문이라 볼 수도 있고, 두 사람의 도전과 노력이 신라의 국운을 만들어갔다고 볼 수도 있다.

의자왕 9년(649), 백제가 신라의 석토성 등 7성을 공격하자, 신라의 김유신은 3군을 다섯 길로 나누어 진군하여 일진일퇴의 공방을 벌인다. 《삼국사기》에 의하면 시체가 들판에 가득 차고 피가 흘러 절굿공이가 뜰 정도였다고 한다. 이 해에 당 태종이 재위 23년 만에 세상을 떴다. 진덕여왕이 오언시 〈태평송〉을 지어 비단에 수놓아 김춘추의 아들 법민을 통해 당 고종에게 보낸 것이 이때의 일이다.

김춘추는 자식복도 많았다. 김춘추가 대업을 추진하는 데에는 법민과 인문을 포함한 그의 일곱 아들들이 큰 역할을 했다. 그의 직계 자손들이 120여 년 동안 통일신라를 이끈 것을 보면 그의 음덕의 그늘이 실로 컸던 것을 인정하지 않을 수 없다.

21세기에 접어든 지금도 동북아의 정세는 그리 안정적이지 않다. 부산 태종대에서, 제18세 풍월주 화랑이었고 신라 제29대 왕이었던 태종무열왕이 그러했던 것처럼 한반도의 미래를 걱정해 본다. 우리는 지금이라도 지도자다운 지도자를 기르는 데 더욱 힘을 쏟아야 한다.

북한산 장의사지

서울특별시 종로구 세검정로 9길에 위치한 세검정초등학교에는 이곳이 장의사(莊義寺) 절터임을 말해주는 당간지주 1기(보물 제235호)가 남아 있다. 장의사는 장춘랑(長春郎)과 파랑(罷郎) 두 화랑을 기리기 위해 창건된 절이었다. 두 화랑에 대한 《삼국사기》와 《삼국유사》의 기록이 조금 다른데, 《삼국유사》에는 다음과 같이 기록하고 있다.

처음에 백제 군사와 황산에서 싸울 때에 장춘랑과 파랑이 진중에서 죽었는데, 후에 백제를 토벌할 적에 태종의 꿈에 나타나 말하기를 "신 등은 이전에 나라를 위하여 몸을 바쳤고 지금은 백골이 되었으나 나라를 수호하고자 하여 군행에 따라 나가기를 나태하지 않았습니다. 그러나 당나라 장수 소정방의 위엄에 눌려 남의 뒤만 쫓아다닙니다. 원컨대 왕께서는 저희에게 조그만 힘이라도 주십시오."하였다. 대왕이 놀라고 그것을 괴이하게 여겨 두 혼령을 위하여 하루 동안 모산정(牟山亭)에서 불경을 설하고 또한 한산주(漢山州)에 장의사(壯義寺)를 세워 이로써 그들의 명복을 빌게 하였다.

《삼국사기》신라본기에는 장의사 창건에 관한 두 화랑의 이야기를 다음과 같이 전하고 있다.

태종무열왕 6년 겨울 10월에 왕이 조정에 앉아 있는데, 당나라에 군사를 요청하였으나 회보가 없었으므로 근심하는 빛이 얼굴에 드러

세검정초등학교 교정에 서 있는 북한산 장의사지 당간지주. 보물 제
235호로 지정되어 있다.

나 있었다. 그런데 홀연히 어떤 사람이 왕의 앞에 나타났는데 마치
앞서 죽은 신하인 장춘(長春)과 파랑(罷郞) 같았다. 그들이 왕에게 말
하기를 "신은 비록 백골이 되었으나 아직도 나라에 보답할 마음이 있
어서 어제 당 나라에 갔었는데, 황제가 대장군 소정방 등에게 명하여

군사를 거느리고 내년 5월에 백제를 치러 오게 한 것을 알았습니다. 대왕께서 이처럼 너무 애태우며 기다리시는 까닭에 이렇게 알려드립니다."라 하고 말을 끝내자 사라졌다. 왕이 매우 놀랍고 이상하게 여겨 두 집안의 자손에게 후한 상을 주고 해당 관청에 명하여 한산주에 장의사를 세워서 두 사람의 명복을 빌게 하였다.

《삼국사기》와《삼국유사》의 기술이 조금 다르기는 하지만, 장춘랑과 파랑 두 화랑이 태종무열왕의 꿈에 나타나 국사를 걱정한 것이 한산주에 장의사가 창건된 이유라는 중심내용은 같다. 사실이 어떠했는지는 확인할 길이 없다. 그러나 이 사찰 연기설화에 담긴 의미는 어렵잖게 읽힌다. 신라의 젊은이들이 오로지 나라를 위한 마음으로 생사를 넘나들고, 지도자인 임금은 그들의 고귀한 뜻을 기리는 것을 소홀히 하지 않았다는 것이다.

장의사는 1938년에 태조 이성계의 왕비 신의왕후(新懿王后)의 명복을 비는 기신제(忌晨祭)가 거행될 정도로 조선 초기까지도 규모를 지키고 있는 절이었으나, 1506년(연산군 12)에 헐리고 만다. 연산군이 이곳에 화계(花階)를 조성하여 이 일대를 유락지로 만들었기 때문이다. 삼국통일의 길을 닦은 왕이 순국한 젊은이의 명복을 빌기 위해 세운 성소를 후대의 임금이 유흥을 위해 허물어버린 것이다. 장의사를 폐사시킨 연산군은 나중에 쫓겨나는데, 지금 장의사지에 외롭게 서 있는 당간지주는 그 땅 깊은 곳에 감춰진 인과의 고리를 묵묵히 일러주는 듯하다.

죽어서까지 임금의 꿈에 나타나 나라 걱정을 하는 두 화랑 이야기를 통하여 상하가 소통하는 '될 집안'의 모습을 읽을 수 있다고 한다면 너무 지나친 비약일까? 산 임금과 죽은 화랑이 함께 나라 걱정을 하는 모습을 보여주는 이 장의사 연기설화에서 죽어서도 여전히 살아있었던 신라인의 정신을 느낄 수 있다. 오늘의 우리는 혹시 살아있으면서도 정신이 죽어있는 것은 아닌지 생각해 볼 일이다.

이천 남천정과 상주 금돌성

무열왕 재위 7년인 660년, 정월에 신라의 상대등 금강이 죽고 그 자리를 김유신이 이어받게 된다. 신하로서는 최고의 지위에 이른 것이다. 무열왕과 김유신이 이어온 협력관계가 마침내 최고의 정점을 이루었다고 할 만하다. 마침 당 고종도 군사를 움직이기로 결심하고 좌무위대장군 소정방을 신구도행군대총관으로 삼고, 무열왕의 둘째 아들 김인문을 부대총관으로 삼아 백제를 공격하게 했다. 수군과 육군을 합하여 모두 13만 대군이었다.

그 해 5월 26일, 무열왕은 상대등 김유신과 함께 대군을 거느리고 서라벌을 출발했다. 신라의 대군이 잡은 진로는 서쪽이 아니라 북쪽이었다. 6월 18일, 5만의 신라군은 고구려 국경에 가까운 남천정(南川停)에 도착하여 군진을 차렸다. 백제뿐 아니라 고구려까지 혼란스럽게 만든 교란작전이었다.

남천정은 지금의 경기도 이천군 이천읍 관고리의 설봉산성으로 추

이천의 설봉산성

정되는데, 설봉산 위에는 해발 325m의 아랫 봉우리를 둘러싸는 1.8km 길이의 성터가 남아 있다. 그리고 해발 394m의 설봉산 윗봉우리를 감싸는 작은 산성이 하나 더 있다. 먼 곳을 살피기 위한 망루의 역할을 했던 것으로 보이는 이 작은 성은 후대에는 왜성으로 불렸다. 임진왜란 때 왜군이 머물렀기 때문이다.

이 설봉산성이 세워진 곳의 옛 이름은 남천(南川)이었다. 처음에는 백제의 땅이었다가 한때 고구려에 편입되었고 진흥왕 때 신라의 땅이 되었다. 진흥왕이 아직 섭정을 받고 있던 재위 10년(549), 남천정에 군병을 지휘할 대대감(隊大監)을 두었다. 친정을 시작하여 한창 정복전쟁에 나섰던 재위 16년에는 남천정을 10정(停)의 하나로 삼았다. 이곳에 무열왕이 김유신 장군을 비롯한 제장들과 함께 정병 5만을 이끌고 온 것이다.

신라의 5만 대군이 남천정에서 백제 공략의 전열을 가다듬을 즈음, 소정방이 거느린 당의 대선단은 산동반도를 출발하여 경기도 남양만의 덕물도로 와 기항하였다. 무열왕은 상대등 김유신과 태자 법민을 덕물도로 보내 소정방과 전략회의를 하도록 했다. 소정방을 만나고 돌아온 김유신과 법민으로부터 보고를 받은 무열왕은 대장군 김유신에게 백제로 진격할 것을 명령한다. 숱한 조짐을 보였던 백제의 비극이 신라군의 발자국 소리와 함께 마침내 현실로 다가왔다.

남천정에서 전열을 정비한 신라의 정병 5만은 방향을 남쪽으로 돌려 황산벌로 진군하였다. 대장군 김유신에게 진군 명령을 내린 무열왕 자신은 방향을 금돌성으로 잡았다. 금돌성에 도착한 무열왕은 한 달간 머무르며 전황을 보고받고 신라군을 독려했다. 나당연합군의 공세를 버텨내지 못한 의자왕은 7월 18일 항복했다. 금돌성에서 의자왕의 항복 소식을 들은 무열왕은 곧바로 백제로 향했다.

금돌성은 경상북도 상주시 모동면 수봉리 산 98번지에 있는 경북도지정 문화재 제131호로 삼국통일 이전 김흠이 쌓은 성이라 전해지고 있지만 확실하지 않다. 신라 서북방의 최대 군사요충지인 금돌성

금돌성의 내성 부분. 태종무열왕의 진지가 있었다고 해서 대궐터라고 불리고도 있다.

은 산세를 적당히 이용해서 쌓은 둘레 약 20km, 높이 4m, 폭 3.6m
의 석성이다. 1978년에는 국방유적 보수사업으로 성벽 80m 정도가
복원되었는데 전체 길이가 한국에서 가장 긴 성이다.

　금돌성에 머무르던 무열왕은 승전 보고를 듣고, 웅진성으로 피난
하였던 백제의 의자왕은 항복의 머리를 조아린다. 명암이 극명하게
엇갈리는 역사의 순간을 맞았던 두 군왕이 머문 현장의 하나가 바로
금돌성이다.

상주 백화산 정상부에 복원된 금돌성의 외성벽. 경북 문화재자료 131호로 지정되어 있다.

　이곳에서 《삼국유사》 태종 춘추공조의 기록을 떠올린다. 일연은 "왕은 김유신과 함께 신통한 꾀와 힘을 합하여 삼한을 통일하였다."고 태종에 대해 언급하였다. 한편 의자왕에 대해서는 "왕은 정관 15년 신축년(641)에 즉위한 후 술과 여자에 빠져 정사는 어지러워지고 나라가 위태롭게 되었다. 좌평 성충이 힘껏 간했으나 의자왕은 듣지 않고 그를 옥에 가두었다."고 적고 있다. 한 쪽은 신하와 힘을 모으고 한 쪽은 충심으로 간언을 하는 신하를 옥에 가두어버린다. 달라도 너무 다른 두 갈래의 길이었고 그 결과는 하늘과 땅 차이가 되었다.

지치고 굶주려 죽음에 이르게 된 성충이 "신이 일찍이 시대의 변화를 보니 반드시 전쟁이 있을 것입니다. 무릇 용병은 그 땅을 잘 가려야 하니 상류에서 적을 맞아야만 보전할 수 있습니다. 만약 적국의 군사가 오면 육로로는 탄현을 지나가지 못하게 하고 수군으로는 기벌포로 들어가지 못하게 한 후, 험한 요충지에 의지하여 적을 막아야 합니다."고 간절한 마지막 충언을 남겼지만 의자왕은 이 말을 듣지 않았다.

의자왕은 660년 7월 18일 항복한 뒤 포로가 되어 당으로 끌려가는 신세가 된다. 조상들이 세운 사직을 자신이 무너뜨리게 되었으니, 한때 해동증자로까지 일컬어지던 그의 부끄러움은 더욱 컸을 것이다. 게다가 담력이 크고 용맹스러웠던 그로서는 백제가 온 국력을 기울여 힘껏 싸워보지도 못하고 무기력하게 망하게 된 데 대한 회한이 더했을 것이다. 그러나 이미 엎질러진 물이었다.

무열왕이 백제 멸망의 보고를 받았던 상주 금돌성은 오늘날의 지도자들이 한 번쯤 들러 역사가 주는 교훈을 떠올려 볼 만한 곳이다.

문무왕
삼국통일을 완수하며 깨우친 군왕의 천명

경주 능지탑지 외

공자의 제자 증자는 특히 효성이 지극했다. 증자는 제나라의 부름을 받고도 "나의 부모님이 늙으셨는데, 남의 녹을 먹게 되면 근심하게 된다."며 벼슬을 사양할 정도로 효행을 우선했다. 《삼국사기》에는 백제 의장왕의 효행에 대한 언급이 있다. "어버이를 효도로써 섬기고 형제 간에 우애가 있어서 당시 해동증자라고 불렸다."는 것이다. 그러나 해동증자로 불렸던 의자왕은 선조와 부왕으로부터 물려받은 백제를 지키지 못했다. 효성만으로 따져도 불효막심한 자식이 되고만 것이다.

문무왕 법민은 일찍부터 부친 김춘추를 그림자처럼 따르며 보좌했다. 그리고 기어이 선왕이 염원하던 삼국통일을 마무리했다. 그는 비록 해동증자와 같은 호칭을 듣지는 않았지만 효자였고 한 국가의 지도자로서도 누구에 못지않은 훌륭한 군왕이었다.

경주시 배반동의 능지탑지(陵只塔址)의 탑은 예로부터 능시탑(陵示塔) 또는 연화탑(蓮華塔)이라고도 불려왔다. 이 주변에서 문무왕릉비의 일부가 발견되었다. 《삼국사기》에 의하면 문무왕이 자신의 임종 후 10일 내에 고문(庫門) 밖 뜰에서 화장하고, 상례의 절차를 검약하게 하라고 유언하였다고 한다. 이곳 능지탑지는 사천왕사, 선덕여왕릉, 신문왕릉 등이 이웃한 자리인 것으로 봐서 문무대왕을 화장했던 곳으로 추정되고 있다.

《삼국사기》에 의하면 문무왕은 재위 21년(681) 7월 1일에 승하하였다. "시호를 문무라 하고 여러 신하들이 유언에 따라 동해 어구 큰 바위에 장사지냈다. 속설에 전하기를 왕이 용으로 변하였다고 하였다. 이에 따라 그 바위를 대왕석이라고 불렀다."고 하고 다음과 같은 문무왕의 유언을 적고 있다.

과인은 어지러운 때에 태어난 운명이어서 자주 전쟁을 만났다. 서쪽을 치고 북쪽을 정벌하여 강토를 평정하였으며, 반란자를 토벌하고 화해를 원하는 자와 손을 잡아 마침내 원근을 안정시켰다. 위로는 선조의 유훈을 받들고 아래로는 부자의 원수를 갚았으며, 전쟁중에 죽은 자와 산 자에게 공평하게 상을 주었고, 안팎으로 고르게 관작을 주었다.

병기를 녹여 농기구를 만들어서 백성들로 하여금 천수를 다하도록 하였으며, 납세와 부역을 줄여 집집마다 넉넉하고 사람마다 풍족하게 하여 백성들은 자기의 집을 편하게 여기고, 나라에는 근심이 사라지게 하였다. 창고에는 산처럼 곡식이 쌓이고 감옥에는 풀밭이 우거졌으니, 가히 선조들에게 부끄러울 것이 없었고, 백성들에게도 짐 진 것이 없었다고 할 만하였다.

내가 풍상을 겪어 드디어 병이 생겼고 정사에 힘이 들어 더욱 병

문무대왕의 화장터로 추정되는 능지탑지

이 중하게 되었다. 운명이 다하면 이름만 남는 것은 고금에 동일하
니 홀연 죽음의 어두운 길로 되돌아가는 데에 무슨 여한이 있으랴!
태자는 일찍부터 현덕을 쌓았고 오랫동안 동궁의 자리에 있었으니,
위로는 여러 재상으로부터 아래로는 낮은 관리에 이르기까지, 죽은
자를 보내는 의리를 어기지 말고 산 자를 섬기는 예를 잊지 말라.

　종묘의 주인은 잠시라도 비어서는 안 될 것이니 태자는 나의 관
앞에서 왕위를 계승하라. 세월이 가면 산과 계곡도 변하고 세대 또

문무대왕 초상

한 흐름에 따라 변하는 것이니, 오왕의 북산 무덤에서 어찌 향로의 광채를 볼 수 있겠는가? 위왕의 서릉에는 동작이란 이름만 들릴 뿐이로다. 옛날 만사를 처리하던 영웅도 마지막에는 한 무더기 흙이 되어, 나무꾼과 목동들이 그 위에서 노래하고 여우와 토끼는 그 옆에 굴을 팔 것이다.

그러므로 헛되이 재물을 낭비하는 것은 역사서의 비방거리가 될 것이요, 헛되이 사람을 수고롭게 하더라도 나의 혼백을 구제할 수는 없을 것이다. 이러한 일을 조용히 생각하면 마음 아프기 그지없으니 이는 내가 즐기는 바가 아니다. 숨을 거둔 열흘 후, 바깥 뜰 창고 앞에서 나의 시체를 불교의 법식으로 화장하라. 상복의 경중은 본래의 규정이 있으니 그대로 하되, 장례의 절차는 철저히 검소하게 해야 할 것이다. 변경의 성과 요새 및 주와 군의 과세 중에 절대적으로 필요하지 않은 것은 잘 살펴서 모두 폐지할 것이요, 법령과 격식에 불편한 것이 있으면 즉시 바꾸고, 원근에 포고하여 백성들이 그 뜻을 알게 하라. 다음 왕이 이를 시행하라!

문무왕이 남긴 유언 그대로라면 "운명이 다하면 이름만 남는 것은 고금에 동일하니, 홀연 죽음의 어두운 길로 되돌아가는 데에 무슨 여한이 있으랴!"라고 말할 수 있는 그는 분명 삶의 의미를 깊이 고뇌해 본 한 인간이었음이 분명하다. "옛날 만사를 처리하던 영웅도 마지막에는 한 무더기 흙이 되어, 나무꾼과 목동들이 그 위에서 노래하고, 여우와 토끼는 그 옆에 굴을 팔 것이다. 그러므로 헛되이 재물을 낭비하는 것은 역사서의 비방거리가 될 것이요, 헛되이 사람을 수고롭게 하더라도 나의 혼백을 구제할 수는 없을 것이다."는 대목은 삼국통일을 이뤄낸 패기만만한 군왕이라기에는 너무도 달관한 철인(哲人)의 경지를 보여주고 있다.

장례의 절차를 철저히 검소하게 하고, 불필요한 과세를 폐지할 것이며, 불편한 법령과 격식을 바꾸고 그 뜻을 백성들에게 알리기를 유언하는 문무왕은 자신이 이해하고 있는 왕도정치를 실천하고자 하는 뜻을 진작부터 품었던 것으로 보이기도 한다. 아니면 용이 되고자 한 그였으니 장자(莊子)의 '호접몽'을 마음 속에 두었을지도 모를 일이다. 동생 김인문이 유학이나 노장사상에 밝았던 점을 감안한다면 형인 문무왕도 나름대로의 공부가 있었을 가능성은 충분하다. 《삼국유사》에 전하는 문무왕의 죽음과 그 언저리 이야기를 살펴보도록 하자.

왕이 처음 즉위한 신유(661)에 사자수 남쪽 바다 속에 한 여자의 시체가 있는데, 키는 73척, 발의 길이는 6척, 음문의 길이가 3척이었다. 혹은 말하기를 키가 18척이며 정묘(667)의 일이라고 했다.

무진(668)에 왕은 군사를 거느리고 인문, 흠순 등과 함께 평양에 이르러 당나라 군사와 합세하여 고구려를 멸망시켰다. 당나라 장수 이적은 고장왕을 잡아 당나라로 돌아갔다.(고구려왕의 성이 고씨이므로 고장(高藏)이라 했다.) 《당서》고종기(高宗紀)를 살펴보면, 경신(660)에 소정방 등이 백제를 정벌하고 그 뒤 12월에 대장군 계여하(契如何)로 패강도 행군대총관을, 또 소정방으로 요동도 대총관을 삼고, 유백영(劉伯英)으로 평양도 대총관을 삼아서 고구려를 쳤다.

또 다음해 신유 정월에는 소사업(蕭嗣業)으로 부여도 총관을 삼고, 임아상(任雅相)으로 패강도 총관을 삼아 군사 35만 명을 거느리고 고구려를 치게 했다. 8월 갑술에 소정방 등은 고구려와 패강에서 싸우다가 패해서 도망했다. 병인(666) 6월에 방동선(龐同善)·고임(高臨)·설인귀(薛仁貴)·이근행(李謹行) 등으로 이를 후원케 했다. 9월에 방동선이 고구려와 싸워서 패했다.

12월 기유에 이적으로 요동도 행군대총관을 삼아 6총관의 군사를 거느리고 고구려를 치게 했다. 무진(668) 9월 계사에 이적이 고장왕을 사로잡았다. 12월 정사(丁巳)에 포로를 황제에게 바쳤다. 고구려를 무너뜨린 당나라는 군사를 물리지 않았다. 진에 그대로 머물러 있던 당나라의 병사들이 신라를 치려고 했으므로 왕이 알고 군사를 내어 이를 쳤다. 이듬해에 당나라 고종이 인문 등을 불러들여 꾸짖기를, "너희가 우리 군사를 청해다가 고구려를 멸망시키고 나서 이제 우리를 침해하는 것은 무슨 까닭이냐." 하고 이내 원비(圓扉)에 가두고 군사 50만 명을 훈련하여 설방(薛邦)으로 장수를 삼아 신라를 치려고 했다.

이때 의상법사가 유학하러 당나라에 갔다가 인문을 찾아보자 인문은 그 사실을 말했다. 이에 의상이 돌아와서 왕께 아뢰니 왕은 몹시 두려워하여 여러 신하들을 모아 놓고 이것을 막아 낼 방법을 물었다. 각간 김천존(金天尊)이 말했다. "요새 명랑법사(明朗法師)가 용궁에 들어가서 비법을 배워 왔으니 그를 불러 물어보십시오." 명랑이 말했다. "낭산(狼山) 남쪽에 신유림(神遊林)이 있으니 거기에 사천왕사를 세우고 도량을 개설하면 좋겠습니다." 그때 정주(貞州)에서 사람이 달려와 보고한다. "당나라 군사가 무수히 우리 국경에 이르러 바다 위를 돌고 있습니다." 왕은 명랑을 불러 물었다. "일이 이미 급하게 되었으니 어찌 하면 좋겠는가." 명랑이 말한다. "여러 가지 빛의 비단으로 절을 가설하면 될 것입니다." 이에 채색 비단으로 임시로 절을 만들고 풀로 다섯 방위의 신상(神像)을 만들었다.

그리고 유가(瑜伽)의 명승 열두 명으로 하여금 명랑을 우두머리로 하여 문두루(文豆婁)의 비밀한 법을 쓰게 했다. 그때 당나라 군사와 신라 군사는 아직 교전하기 전인데 바람과 물결이 사납게 일어나서 당나라 군사는 모두 물속으로 침몰했다. 그 후에 절을 고쳐 짓고 사천왕사라 하여 지금까지 단석(壇席)이 없어지지 않았다.(《국사(國史)》에는 이 절을 고쳐 지은 것이 조로(調露) 원년 기묘(679)의 일이라고 했다.)

그 후 신미(671)년에 당나라는 다시 조헌(趙憲)을 장수로 하여 5만 명의 군사를 거느리고 쳐들어왔으므로 또 그 전의 비법을 썼더니 배는 전과 같이 침몰되었다. 이때 한림랑 박문준(朴文俊)은 인문을 따라 옥중에 있었는데 고종이 문준을 불러서 물었다. "너희 나라에는 무슨 비법이 있기에 두 번이나 대병을 내었는데도 한 명도 살아서 돌아오지 못하느냐." 문준이 아뢰었다. "배신(陪臣)들은 상국에 온 지 10여 년이 되었으므로 본국의 일은 알지 못합니다. 다만 멀리서 한 가지 일만을 들었을 뿐입니다.

저희 나라가 상국의 은혜를 두텁게 입어 삼국을 통일하였기에 그 은덕을 갚으려고 낭산 남쪽에 새로 천왕사를 짓고 황제의 만년수명을 빌면서 법석을 길이 열었다는 일뿐입니다." 고종은 이 말을 듣고 크게 기뻐하여 이에 예부시랑 낙붕귀(樂鵬龜)를 신라에 사신으로 보내어 그 절을 살펴보도록 했다.

신라왕은 당나라 사신이 온다는 사실을 먼저 알고 이 절을 사신에게 보여서는 안 될 것이라고 하여 그 남쪽에 따로 새 절을 지어 놓고 기다렸다. 사신이 와서 청한다. "먼저 황제의 장수를 비는 천왕사에 가서 분향하겠습니다." 이에 새로 지은 절로 그를 안내하자 그 사신은 절 문 앞에 서서 "이것은 사천왕사가 아니고 망덕요산(望

德遙山)의 절이군요"하고는 끝내 들어가지 않았다. 나라 사람들이 금 1,000냥을 주었더니 그는 본국에 돌아가서 아뢰기를, "신라에서는 천왕사를 지어 놓고 황제의 장수를 축원할 뿐이었습니다."고 했다. 이때 당나라 사신의 말에 의해 그 절을 망덕사라고 했다.(혹 효소왕 때의 일이라고도 하는데 잘못된 것이다.)

신라왕은 문준이 말을 잘해서 황제도 그를 용서해 줄 뜻이 있다는 소식을 들었다. 이에 강수(强首) 선생에게 명하여 인문의 석방을 청하는 표문을 지어 사인(舍人), 원우(遠禹)를 시켜 당나라에 아뢰게 했더니 황제는 표문을 보고 눈물을 흘리면서 인문을 용서하고 위로해 돌려보냈다. 인문이 옥중에 있을 때 신라 사람은 그를 위하여 절을 지어 인용사(仁容寺)라 하고 관음도량(觀音道場)을 열었는데 인문이 돌아오다가 바다 위에서 죽었기 때문에 미타도량(彌陀道場)으로 고쳤다. 지금까지도 그 절이 남아 있다.

대왕이 나라를 다스린 지 21년 만인 신미(681)에 죽으니 유언에 의해서 동해 중의 큰 바위 위에 장사지냈다. 왕은 평시에 항상 지의 법사에게 말했다. "나는 죽은 뒤에 나라를 지키는 용이 되어 불법을 숭봉해서 나라를 수호하려 하오." 이에 법사가 말했다. "용은 짐승의 응보인데 어찌 용이 되신단 말입니까." 왕이 말했다. "나는 세상의 영화를 싫어한 지가 오래되오. 만일 추한 응보로 내가 짐승이 된다면 이야말로 내 뜻에 맞는 것이오."

왕이 처음 즉위했을 때 남산에 큰 창고를 지으니, 길이가 50보이고 너비가 15보로 곡식과 병기를 여기에 쌓아 두니 이것이 우창(右倉)이요, 천은사 서북쪽 산 위에 있는 것은 좌창(左倉)이다. 다른 책에는 "신해(591)에 남산성을 쌓았는데 그 둘레가 2,850보다."고 했다. 그렇다면 이것은 진덕왕대에 처음 쌓았다가 이때에 중수한 것이다. 또 부산성(富山城)을 처음으로 쌓기 시작하여 3년 만에 마치고 안북하변에 철성(鐵城)을 쌓았다. 또 서울에 성곽을 쌓으려 하여 이미 관리(官吏)를 갖추라고 명령하자 그때 의상법사가 이 말을 듣고 글을 보내서 아뢰었다. "왕의 정교(政敎)가 밝으시면 비록 풀언덕에 금을 그어 성이라 해도 백성들은 감히 이것을 넘지 않을 것이며, 재앙을 씻어 깨끗이 하고 모든 것이 복이 될 것이나, 정교가 밝지 못하면 비록 긴 성이 있다 하더라도 재난을 없이할 수는 없을 것입니다." 왕은 이 글을 보고 이내 그 일을 중지시켰다.

병인(666) 3월 10일에 어떤 민가에서 길이(吉伊)라는 종이 한꺼번에 세 아들을 낳았다. 경오(670) 정월 7일에는 한기부(漢岐部)의 일산급간(혹은 성산아간)의 종이 한꺼번에 네 아이를 낳았는데 딸하나에 아들 셋이었다. 나라에서 상으로 곡식 200석을 주었다. 또 고구려를 친 뒤에 그 나라 왕손이 귀화하자 그를 진골의 지위에 두게 했다.

《삼국유사》의 내용을 보노라면 문무왕이 나라를 지켜가기 위해 노심초사하는 마음, 당나라에 갇힌 동생 인문의 구명을 위해 애쓰는 마음, 충언에 귀 기울이고 백성의 부담을 줄이고자 하는 마음, 귀화인을 포용하는 마음 씀씀이 등을 확인할 수 있다.

신라가 삼국을 통일하게 되어 고구려가 차지했던 영토의 상당부분을 지배권 안으로 끌어들이지 못한 아쉬움이 있다. 그나마 대동강에서부터 원산만까지의 이남 영토를 확보할 수 있었던 것은 문무왕이 쏟은 각고의 노력 덕분이었다. 그가 만약 뛰어난 지도력을 발휘하지 못했다면, 당이 안동도호부를 평양성에서 요동성으로 철수시키는 일은 일어나지 않았을지도 모른다.

문무왕은 일찍부터 부왕 김춘추를 따라 거친 풍상을 겪으며 삼국 통일의 주역으로 활동했고, 그 세월만큼 군왕으로서의 역량과 인품을 다듬었다. 온갖 전장을 누빈 그는 훌륭한 지도자이기도 했지만 그냥 한 인간으로서도 '배려'의 중요성을 깨우친 멋진 인물이었다.

삼국통일의 대업을 완수한 문무왕은 재위 21년만인 681년에 세상을 떠났다. 《삼국사기》나 《삼국유사》에 언급된 바의 그의 유언은 자신의 시신을 불교 의식에 따라 낭산의 능지탑에서 화장하여 유골을 동해에 묻으면, 호국의 용이 되어 동해로 침입하는 왜구를 막겠다는 것이었다. 사람들은 왕의 유언을 따라 유해를 경주와 가장 가까운 동해의 큰 바위에 장사지낸 뒤, 그 큰 바위를 대왕암이라고 불렀다. 경북 경주시 양북면 봉길리 앞바다에 있는 신라 문무왕의 수중릉은 현재 사적 제158호로 지정되어 있다.

7세기 중엽 동아시아 정세는 급박하게 돌아가고 있었다. 아시아 대륙의 동남쪽 끝 한반도에 여러 개의 나라가 세워진 이후 침공과 합병의 영토 분쟁은 끊이지 않았다. 가야국까지 무너져 신라에 병합되면서 한반도에는 백제와 신라, 그리고 대륙에 걸쳐 있는 고구려가 남아 마지막 승자를 가리기 위한 치열한 공방전을 벌이고 있었다. 필요에 따라 일시적인 협력 관계를 맺기도 했으나 어느 쪽도 영구한 공존의 방법이 있으리라 믿지는 않았다. 삼국을 둘러싸고 있던 왜와 당도 각자의 이해득실을 따지며 삼국과 협력과 대결의 관계를 유지했다. 결과를 보기 전까지는 누구도 그 답을 알 수 없는 각축전이 벌어지던

대왕암. 사적 158호로 지정되어 있다.

시기였다.

긴장감이 팽배했던 이 시기에 태종무열왕 김춘추의 맏아들 법민은 왕위에 오르기 이전부터 군사·외교상의 크고 작은 임무를 맡아 훌륭히 수행했다. 당시 신라는 백제와 고구려를 제압하고 삼국을 통일하는 것이 살 길이라고 보았다. 물론 자력으로는 불가능하다는 판단을 하고 당과 협력하는 방안을 모색했다. 법민은 654년에 직접 당나라에 들어가 신라와 당이 연합하는 데 큰 역할을 했다.

당나라의 힘을 빌려 우환의 근거지인 백제와 고구려를 무너뜨리려고 한 것이 신라였다면, 당나라는 상대적으로 힘이 약한 신라를 도와 최대의 적국인 고구려를 멸망시킨 다음 한반도를 손아귀에 넣고자 했다. 마침 백제와 고구려의 지도자들은 곧 닥칠 불행을 내다볼 통찰력을 갖지 못했다. 두 나라의 최고 권력층은 아집과 탐욕에 사로잡혀, 자신이 자기 자신과 자기의 조국을 파멸의 구렁텅이로 몰아가고 있다는 사실을 깨닫지 못하고 있었다.

당과의 군사협력 약속을 받아낸 신라가 드디어 칼을 빼 들었다. 660년, 백제 정벌을 위해 태자 법민은 대장군 김유신과 함께 말고삐를 나란히 하여 5만의 신라 정병을 이끌고 사비성으로 진군했다. 그리고 백제를 무너뜨렸다.

《삼국사기》 신라본기 태종무열왕조에는 "13일에 의자는 좌우 가까운 신하들을 거느리고 밤에 웅진성(공주)으로 도망쳤으며, 의자왕의 아들 융은 대좌평 천복 등과 함께 나와 항복했다. 법민이 융을 말 앞에 꿇어 앉히고 낯에 침을 뱉으며 꾸짖기를 지난 날 너의 아비가 나의 누이를 원통히 죽여 옥중에 묻었다. 그것이 나로 하여금 20년 동안이나 마음을 아프게 했다. 오늘 너의 목숨은 나의 손에 달려 있다."고 했다. 융은 땅에 엎드려 아무 말도 하지 않았다고 적고 있다. 법민에게는 이복누이인 고타소를 잃은 부왕의 슬픔과 분노를 잘 알기에 그 격한 감정의 표현이 더욱 심했을 것이다. 이후 백제 유민들과의 숱한 싸움을 겪는 그는 인간적으로도 훨씬 더 성숙해진 것으로 짐작된다.

백제 멸망 이듬해 무열왕이 승하하자 왕위에 오른 문무왕은 삼국통일에 얽힌 난제를 풀어야 할 최종 책임자가 되었다. 백제는 무너졌지만 백제 부흥군이 일어났고, 고구려까지 멸망시키지만 끌어들인 당이 문제였다. 협력이라는 방법에는 동의했지만 협력의 결과에 대한 생각이 달랐던 신라와 당이 결국에는 서로 칼끝을 겨눌 수밖에 없었다. 당이 멸망한 백제와 고구려의 옛 땅은 물론 신라까지도 당의 한 행정구역처럼 영향력 아래 두려는 움직임을 신라로서는 용인할 수가 없었다. 668년 고구려를 무너뜨린 문무왕은 바로 민생의 안정을 도모하는 한편 이후를 대비했다. 신라군과 당군의 충돌은 불가피했고 나당전쟁은 곧바로 점화되었다. 조국 신라를 위해 기꺼이 산화하여 거기에까지 이른 신라인들이 그들의 영혼을 송두리째 팔아버리지 않는 한 당의 요구에 순순히 응할 수는 없는 일이었다.

670년 4월에 신라군은 말갈과 연합한 당군을 맞아 대승을 거두고, 그 해 7월에는 백제의 옛 땅 82성을 공략한다. 이 싸움에는 관창의 아버지 품일과 화랑 출신 죽지 등이 참전하여 큰 공을 세우는데, 나당의 전선은 계속 확대되었다. 당군은 황해도 일대에 들어와서 신라군과 계속 접전을 벌였다. 임진강을 중심으로 한 넓은 지역이 신라와

대왕암에서 바라본 이견대

신문왕이 대왕암을 바라보며 절하기 위해 지었다는 이견대. 사적 159호로 지정되어 있다.

당나라 군사들의 전장이었다. 수년 간 공방을 거듭하던 나당전쟁은 675년 신라의 문훈이 설인귀가 이끄는 당나라 군대를 천성에서 대파한 것과 676년 기벌포를 중심으로 한 20여 차례의 전투에서 신라군이 대승을 올리면서 종전의 막을 내리게 된다. 당이 670년 지금의 만주 푸순(撫順) 서쪽 신성(新城)으로 옮겼던 안동도호부 치소를 676년에는 다시 요동성(遼東城)으로 옮기지 않을 수 없었다. 신라는 문무왕의 지도력에 힘입어 한반도에서 수백 년을 이어오던 나라 사이의 힘겨루기에서 마침내 최후의 승자가 되었다.

문무왕은 오랜 전쟁으로 피폐해진 나라의 살림과 백성들을 추슬러 나갔다. 유언에서 스스로 말하고 있듯이 나라를 위해 싸우다 죽은 자와 산 자에게 공평하게 상을 주었고, 안팎으로 고르게 관작을 주었다. 병기를 녹여 농기구를 만들어서 백성들로 하여금 천수를 다하도록 하였으며, 납세와 부역을 줄여 집집마다 넉넉하고 사람마다 풍족하게 하여 백성들은 자기의 집을 편하게 여기고, 나라에는 근심이 사라지게 하였다. 멸망한 백제와 고구려의 백성들, 왕족과 신하들에게도 관대한 조치를 취하였다. 한편으로는 중앙집권제를 더욱 강화하여 율령을 개정하고 지방행정에 대한 과감한 개혁을 단행하였다.

　문무왕은 재위 21년(681)에 세상을 떠났는데 그의 위대함은 죽음과 함께 다시 한 번 확인된다. 자신이 죽은 후에도 호국의 큰 용이 되어 나라를 수호하고자 자신의 주검을 동해 앞바다에 수장시키도록 했다. 이에 문무왕의 아들 신문왕은 부왕의 뜻에 따라 동해의 큰 바위 밑에 그를 안장했다.

　이러한 문무왕의 죽음에 얽힌 일화와 수중왕릉 이야기는 민간에 전설처럼 이어져 왔다. 그러다가 1967년 5월, 한국일보가 주관한 신라오악조사단에 의해 발굴조사가 이뤄졌다. 조사단은 문무왕이 대왕암에 특이한 수중경영방식으로 안장되었다고 결론을 내렸다. 전설이 역사적 사실로 인정된 것이다.

　수중릉은 해변에서 가까운 바다 가운데 있는 자연바위이다. 그 남쪽으로 작은 바위가 이어져 있으며 그 둘레로 썰물일 때만 보이는 작은 바위들이 간격을 두고 배치되어 있어 마치 호석(護石)처럼 보인다. 수중릉 내부의 공간은 비교적 넓은 수면이 차지하고 있고 그 가운데에는 남북으로 길게 자리한 넓적하고도 큰 돌이 놓여 있다. 바다의 수면은 큰 돌이 약간 덮일 정도로 유지되고 있다. 조사단은 화장을 한 유골이 이 대석 밑에 안치되었을 것으로 추정했다.

대왕암에 얽힌 이야기와 그 진실은 아직 완전히 규명되지 않았다. 언젠가 수중릉의 또 다른 진실이 밝혀질 날이 올지도 모른다. 그러나 지금 분명히 이야기할 수 있는 것은 문무왕의 '나라 사랑 정신'이 이 땅에 태어난 후손들에 의해 꾸준히 확인되고 있다는 점이다.

문무왕의 뒤를 이어 왕위에 오른 신문왕은 부왕이 착수했던 동해변의 감은사(感恩寺)를 완공하고, 감은사 금당(金堂) 밑에는 동해를 향해 구멍을 뚫어 조수(潮水)가 금당 밑까지 들어오게 했다. 용이 된 문무왕이 조수를 따라 금당까지 드나들 수 있도록 배려한 것이다.

또 신문왕은 대왕암이 잘 바라다보이는 북쪽 언덕 위에 이견대를 세웠다. 대왕암을 바라보며 절을 올릴 자리로 거기를 택한 것이다. 현재의 건물은 1970년 발굴조사단에 의해 신라의 건물이 있었음을 확인하고 그 해 복원한 것이다. 지금 사적 제159호로 지정되어 있다. 이견대라는 명칭은 주역 가운데 "비룡재천 이견대인(飛龍在天 利見大人)"이란 구절에서 인용한 것으로 신문왕이 바다에서 나타난 용을 통하여 크게 이익을 얻는다는 뜻으로 해석된다.

문무왕을 호국의 용과 연결시키려는 신라인들의 의식은 만파식적 설화로도 나타난다. 《삼국유사》에는 다음과 같은 내용의 만파식적 이야기가 전한다.

왕(신문)은 놀라고 기뻐하여 오색 비단과 금과 옥으로 보답하고 사자를 시켜 대나무를 베어서 바다에서 나오자, 산과 용은 갑자기 사라져 나타나지 않았다. 왕이 감은사에서 유숙하고 17일에 기림사 서쪽 냇가에 이르러 수레를 멈추고 점심을 먹었다.

태자 이공 즉 효소대왕이 대궐을 지키고 있다가 이 소식을 듣고 말을 달려와서 하례하고 천천히 살펴보고 말하기를, "이 옥대의 여러 쪽들이 모두 진짜 용입니다"라고 하였다. 왕이 말하기를 "네가 어떻게 그것을 아는가?"라고 했다. 태자가 아뢰기를 "쪽 하나를 떼어서 물에 넣어보면 아실 것입니다"라고 하였다. 이에 왼쪽의 둘째 쪽을 떼어 시냇물에 넣으니 곧 용이 되어 하늘로 올라가고 그곳은 못이 되었다. 이로 인해 그 못을 용연으로 불렀다.

왕이 행차에서 돌아와 그 대나무로 피리를 만들어 월성의 천존고에 간직하였다. 이 피리를 불면 적병이 물러가고 병이 나으며, 가뭄에는 비가 오고 장마는 개며, 바람이 잦아지고 물결이 평온해졌다. 이를 만파식적(萬波息笛)으로 부르고 국보로 삼았다.

왜구의 침입은 문무왕 이전에도 이후에도 계속 이어진 신라의 우환이었다. 한 명민한 왕이 호국에 대한 강한 의지를 표명함으로써 신라인들은 용으로 화한 선왕이 자신들을 돕고 있다는 굳건한 믿음으로 왜구의 침입에 대응할 수 있었다. 뛰어난 리더 문무왕과 그와 함께했던 화랑정신의 지도자들이 조화를 이뤄 당시 시공을 함께했던 백성들의 삶의 질을 크게 높였다.

"창고에는 산처럼 곡식이 쌓이고 감옥에는 풀밭이 우거졌으니, 가히 선조들에게 부끄러울 것이 없었고 백성들에게도 짐 진 것이 없었다고 할 만하였다."고 한 문무왕의 유언을 다시 떠올려 본다. 현대 사회도 여전히 이런 지도자를 필요로 한다.

경주 감은사지

감은사지는 경주시 양북면 대본리에 있는 감은사 절터로, 경주에서 이곳까지는 약 34km 정도의 거리다. 이 절터의 동쪽 동해 바다에 문무왕의 해중릉인 대왕암이 있다. 절터는 동해에 이르기 직전의 산기슭에 있는데 거기에는 큰 3층 석탑 2기가 남아 동남으로 흐르는 대종천(大鐘川)을 내려다보며 서 있다.

문무왕이 불력을 빌려 왜구를 진압하고자 착공하였으나 끝내지 못하고 세상을 뜨자, 신문왕이 즉위한 이듬해(682) 이 절을 완공하였다. 문무왕은 재위한 지 21년 만에 세상을 떠났는데 늘 지의법사에게 말하기를 "나는 세간의 영화를 싫어한 지 오래며, 죽은 후에는 나라를 지키는 용이 되어 불법을 받들고 나라를 지키겠다"고 했다. 왜구를 격퇴하겠다는 염원으로 경주와 가장 가까운 동해 입구에 세운 가람이 감은사인 것이다.

신문왕은 선왕의 유지를 이어받아 역사를 계속하여 절을 완공하고 이름을 감은사라고 했다. 금당 아래에는 용이 드나들 수 있는 통로를 파서 용으로 화한 문무왕이 밀물과 썰물을 타고 출입할 수 있도록 세

감은사지

심하게 설계했다. 감은사에는 금당을 중심으로 쌍탑이 배치되어 있다. 이러한 배치 양식은 사천왕사·남산사·원원사 등의 그것과도 거의 동일한 것인데 통일 후에 많이 나타나는 양식이라고 한다. 감은사 절터는 동서가 길고 남북이 짧은 것이 특징이다. 다른 곳보다 터가 조금 높은데다 밑으로 대종천이 흐르기 때문이다. 대왕암에서 감은사가 보일 수 있도록 배치한 점, 금당에 용혈을 판 점 등을 통해 신라인들의 문무왕에 대한 굳건한 믿음을 읽을 수 있다.

감은사는 신문왕에 의해 완공되지만, 검약과 절제의 규범을 솔선수범한 문무왕이 백성과 나라의 우환인 왜구를 막기 위해 신실한 불심으로 일으킨 불사였다. 삼국통일의 대업을 마무리한 불세출의 영주 문무왕이 겸허한 신앙심으로 국가와 백성들의 안녕을 비는 모습은 고관백작들이나 백성들 모두의 깊은 신뢰감을 불러일으켰을 것이다. 이런 마음가짐으로 이룩한 문무왕의 위업은 신문왕에게 계승되었고, 그 후 경덕왕대에 이르는 동안 신라는 전대미문의 번영을 누리고 찬란한 민족문화를 꽃피울 수 있었다.

경주 원원사지

경주에서 울산 쪽으로 약 50리를 가면 경주시 외동면 모화리에 이르게 된다. 원원사는 모화리에서 동북간의 봉서산 기슭 동으로 사령산을 끼고 관문산에 연결되는 곳에 있었던 절이다. 관문산성에서 그리 멀지 않은 곳에 세워진 이 원원사는 신라 신인종(神印宗)의 개조(開祖) 명랑법사가 세운 금광사(金光寺)와 더불어 통일신라시대에 문두루비법(文豆婁秘法)의 중심 도량이 되었던 호국사찰이다.

문두루비법이란 신인(神印)법은 '불법을 믿는 사람이나 나라가 고난을 겪을 때 오방신상(五方神像)을 만들어 문두루비법을 행하면 모든 재난을 물리칠 수 있다.'는 내용이 담겨 있는 《관정경(灌頂經)》에 의한 밀교 의식을 말한다. 선덕여왕 4년(635)에 당나라에서 귀국한

원원사지의 쌍탑

명랑법사는 문무왕 때 낭산 남쪽 신유림에 밀단을 마련하고 이 문두루비법을 베풀어 당병의 침입을 물리친 것을 계기로 신라 호국불교의 선도적 인물로 이름을 후세에 남기게 되었다.

《삼국유사》 권5 명랑 신인조에는 원원사가 "안혜(安惠), 낭융(朗融) 광학(廣學), 대연(大緣) 네 대덕(大德)이 김유신(金庾信), 김의원(金義元), 김술종(金述宗) 등과 함께 발원하여 세웠다."고 전하고 있는데 우리는 여기에서 매우 중요한 의미를 읽을 수 있다. 정치와 종교의 최고 지도자들이 뜻을 하나로 모으고 협력하는 일의 중요성을 이해하고 실천했다는 점이다. 그들이 한 데 모았던 뜻은 물론 '호국(護國)'이다.

절의 창건에 참여한 김술종 역시 권력의 중심부에 있던 인물이었다. 진덕여왕 때 지금의 춘천을 포함한 영서지방 장관인 삭주도독(朔州都督)에 임명되기도 했던 김술종은 "알천공(閼川公), 임종공(林宗公), 호림공(虎林公), 염장공(廉長公), 유신공(庾信公)과 함께 신라 4영지(靈地)의 하나인 남산 오지암에서 열린 화백회의에 참석하였다."고 《삼국유사》는 기록하고 있다. 김술종이 삭주도독 임지에서 낳은 아들이 바로 죽지랑(竹旨郞)이다. 김유신 장군 휘하에서 지휘력을 키운 죽지랑은 문무왕이 삼국통일을 완수하기까지 숱한 전투에서 혁혁한 전공을 세운다.

원원사 절터에는 지금 쌍탑이 남아 있는데 둘 중 동탑은 비교적 온전한 편이다. 이 탑 기단의 각 면에는 각각 3구의 12지신상이 부조로되어 있고 1층 탑신의 4면에는 사천왕상이 조각되어 있다. 신라 석탑중 1층 탑신에 사천왕상이 조각되어 있는 것으로는 이것이 가장 오래

되었다고 하는데, 상층 기단과 1층 탑신에 조각이 새겨진 것을 근거로 8세기 이후에 조성된 것으로 보기도 한다. 그 조성의 시기에 관한 자세한 사정은 알 길이 없지만, 거기에 새겨진 사천왕상에 신라 지도자들의 '호국' 염원이 농축되어 있다는 점은 의심의 여지가 없을 것이다.

권력을 다투는 지배층 인사들의 분열과 갈등으로 결국 패망에 이른 백제·고구려와 뚜렷이 대조되는 신라 지도자들의 협력 태도는 오늘날의 우리에게도 시사하는 바가 크다. 역사는 그 시대를 살아가는 모든 구성원들의 깜냥에 따라 흘러가기 마련이지만, 무엇보다 지도자들의 책임이 큰 것은 이론의 여지가 없다. 이 시대를 살아가는 사람들이 미래에 대한 원려가 있다면, 지도자다운 지도자를 길러야 한다. 조그만 공동체도, 국가도, 세계도 마찬가지다.

김인문
지혜로웠던 신라와 당의 경계인

경주 인용사지

태종무열왕의 둘째 아들이고 문무왕의 동생이었던 김인문은 삼국통일을 위한 다양한 역할을 수행했다. 위기를 맞기도 했고 때로 곤란한 처지에 빠지기도 했다. 왕의 아들이었고 또 왕의 동생이기도 했던 한 인물의 파란만장한 삶 중 어쩔 수 없는 부분은 어디서 어디까지이며, 자신의 의지로 선택했던 영역은 어디서 어디까지였을까? 김인문은 그에게 주어진 사명을 자신의 역량껏 받아들이고 실천했다. 김인문을 위해서 지은 절이었던 인용사 절터에서 그의 삶의 의미를 짚어본다.

김인문의 자는 인수(仁壽)이다. 그는 어려서부터 학문을 좋아하여 유교 경전은 물론 노자와 장자, 그리고 불교 서적을 두루 섭렵하였다. 글씨와 활쏘기, 말타기, 향악에도 능했는데 식견과 도량이 넓어 당시 사람들이 그를 추앙하였다. 23세 때 왕명을 받들어 당나라에 가서 숙위(宿衛)하게 되는데 아버지 김춘추의 뜻이었다. 김춘추는 진덕여왕 2년(648)에 당나라에 사신으로 가서 자신에게 일곱 아들이 있으니 숙위하게 해 달라고 청했다. 그는 처음에 셋째 아들 문왕을 숙위시켰지만 나중에는 인문에게 전담시켰다. 그가 그 임무를 더 잘 수행한다고 보았기 때문일 것이다.

이렇게 시작된 당나라 숙위 생활은 일곱 차례나 되고 그 기간을 모두 합하면 무려 22년이나 된다. 당나라 주변 국가의 왕자들이 당나라 궁정에 머무르면서 황제를 호위하던 의장대 형태를 띠는 숙위는 그럴듯한 모양을 갖추기는 했지만, 인질의 성격을 가지고 있는 것이 사실이다. 해당 국가와의 관계가 틀어질 경우 목숨을 잃을 위험도 있는 것이다. 김춘추가 자신의 아들로 하여금 이 역할을 감당하도록 한 것은 다소의 위험이 있음에도 불구하고 당나라 최고 권력에 가장 가까이 다가갈 수 있는 기회가 생기기 때문이었다. 김인문은 이 역할을 오래도록 수행했다.

처음 숙위 때, 당 고종은 그가 바다를 건너와 조회하는 충성이 가상하다 하여 특별히 좌령군위장군을 제수하였다. 653년에는 신라로 돌아가 부모를 만날 수 있도록 허락하기도 했는데, 그가 신라에 머물 동안 진덕여왕이 승하하고 부친 김춘추가 왕위에 오른다. 무열왕이 그에게 압독주 총관을 제수하자 그는 장산성(獐山城)을 쌓아 방비 시설을 구축했다. 무열왕이 그의 공로를 인정하여 식읍 3백 호를 내리기도 한다. 그리고 그는 또 당으로 들어갔다.

운명의 660년, 당 고종이 당시 숙위중인 인문에게 신구도부대총관을 제수하고 소정방을 도와 백제 정벌에 나서도록 명하였다. 인문은 소정방과 함께 바다를 건너 덕물도에 이르러, 무열왕의 명으로 온 태

발굴 작업이 진행중인 인용사지

자 법민 그리고 김유신 장군과 해후하고 백제를 무너뜨리는 데 힘을
보탠다.

백제 멸망 후 인문은 다시 당에 들어가 전과 같이 숙위하였다. 이
듬해(661) 당 고종이 인문을 불러 "짐이 이미 백제를 멸하여 너희 나
라의 근심을 제거하였는데, 이제 고구려가 지리의 험함을 믿고 예맥
과 함께 악한 짓을 하여 큰 나라를 섬기는 예를 어기고 이웃나라와
사이좋게 지내는 의리를 저버리고 있다. 짐은 병사를 보내어 치려고
하니, 너도 돌아가 너희 국왕에게 고하여 군대를 출동시켜 우리와 함

께 망해가는 오랑캐를 섬멸케 하라."고 말했다. 인문은 즉시 귀국하여 당 고종의 뜻을 신라에 알렸다. 소정방은 6군을 거느리고 패강에서 고구려 군사를 격파하고 마침내 평양성을 포위했다. 그러나 고구려의 수비가 굳건한데다 추위와 식량부족으로 진퇴양난에 빠졌다. 엄동설한에 김유신 장군이 노구를 이끌고 식량수송에 나선 것이 이때다. 인문은 웅진에 남아 지키던 장수 유인원과 함께 김유신을 따라 군사를 거느리고 쌀 4천 섬과 벼 2만여 가마를 싣고 평양성을 포위한 당군으로 향했다. 천신만고 끝에 당의 소정방에게 식량을 전하지만 식량을 받은 소정방은 포위를 풀고 돌아가버렸다. 이 평양성 공략은 무위로 끝났다.

혹독한 추위를 견디며 적의 영토로 식량을 운반한 신라군은 갈 때도 위험을 감수해야 했지만, 돌아오는 길도 안전이 보장되지 않았다. 도중에 고구려군의 공격이 있었다. 인문은 유신과 함께 꾀를 내어 야밤에 도망했다. 이튿날 고구려군이 추격해오자 인문은 김유신과 더불어 반격하여 대파하고, 1만여 명의 목을 베고 5천여 명을 사로잡는 전과를 올렸다.

인문은 다시 당에 들어갔다. 666년에는 당 고종을 호위하여 태산에 올라 하늘에 제사 지내는 봉선(封禪)을 행했다. 당 고종이 우효위 대장군을 제수하고 식읍 4백 호를 더 주었다고 한다.

668년에 당 고종은 영국공(英國公) 이적(李勣)을 시켜 군대를 거느리고 고구려를 정벌하게 하고 또한 인문을 보내 신라에서도 병사를 징발하라고 하였다. 문무왕은 인문과 함께 병사 20만을 출동시켜 북한산성으로 갔다. 왕은 그곳에 머무르며 먼저 인문 등을 보내 병사를 거느리고 당군과 만나 평양을 공격하도록 하였다. 그들은 한 달 남짓 하여 고구려왕을 사로잡았다. 드디어 고구려까지 무너뜨린 것이다.

문무왕은 아우 인문의 뛰어난 계략과 용감한 공적이 특별하다고 하여 죽은 대탁각간 박뉴의 식읍 5백 호를 내렸다. 당 고종도 인문에게 작위를 더하고 식읍 2천 호를 더 주었다. 그러나 고구려 멸망 이후 당으로 가서 숙위하던 인문은 불안하기 그지없는 처지가 된다. 나당전쟁이 시작되었기 때문이다.

문무왕 8년(668)에 고구려가 멸망하였다고 하나 한반도에서 전란이 종식되지는 않았다. 백제와 고구려 부흥군의 도발이 계속 이어졌고, 한편으로 당은 한반도를 송두리째 전리품으로 삼으려고 했다. 신라와 당의 무력 충돌은 피할 수 없게 되었다. 670년 3월에 신라 장군 설오유와 고구려 장군 고연무가 이끈 2만의 연합군이 압록강을 건너 요동을 선제공격한 것을 나당전쟁의 개전으로 보는 학자들도 있지만, 신라와 당의 무력충돌은 이미 그 전 해부터 있었다. 신라는 백제의 고토로 진격하여 당이 설치한 웅진도독부와 충돌을 일으킨 것이다. 669년 5월, 백제의 토지와 유민에 대한 신라의 태도에 불만을 표시하는 당에 김흠순과 김양도가 사죄사로 파견되기도 했지만 그렇게 해결될 문제가 아니었다.

나당전쟁이 시작되자 인문은 졸지에 적국의 심장부에 놓여진 인질의 처지가 되어버렸다. 당나라 고종은 인문 등을 불러 "너희가 우리 군사를 청해다가 고구려를 멸망시키고 나서 이제 우리를 침해하는 것은 무슨 까닭이냐."하고 꾸짖으며 옥에 가두었다. 당 고종은 군사 50만 명을 훈련하여 설방(薛邦)으로 장수를 삼아 신라를 치려고 했

김인문의 묘와 귀부. 무열왕릉과 길을 사이에 두고 있다.

다. 이를 알고 마음이 급해진 인문은 당나라에 유학하러 왔다며 자신
을 찾아온 의상대사에게 당나라의 움직임을 알리고 신라에 가서 대
비하도록 했다.

《삼국유사》에 의하면, 670년 서해를 건너온 당나라 선단은 명랑법
사가 문두루비법으로 일으킨 바람과 물결에 의해 침몰하고 만다. 이

듬해 신미년(671)에도 당나라 장수 조헌(趙憲)이 5만의 군사를 이끌고 쳐들어왔으나 역시 신라군과 한 차례 교전도 못한 채 문두루비법에 의해 침몰했다. 당 고종이 이때 인문과 함께 옥중에 있는 한림랑 박문준(朴文俊)을 불러서 "너희 나라에는 무슨 비법이 있기에 두 번이나 대병을 내었는데도 한 명도 살아서 돌아오지 못하느냐."고 물었다. 문준은 자신이 당으로 온 지 10여 년이 되어 본국의 일은 잘 알지 못하지만, 절을 지어 당 황제의 만수를 빈다는 말만 들었을 뿐이라고 대답했다. 신라를 위해 당을 달래려는 노력이다.

인문과 의상대사, 그리고 박문준의 태도에서 그들의 신라에 대한 사랑과 신라인으로서의 자긍심을 읽을 수 있다. 그들의 처지는 각기 다르지만 그들 속에 관류하고 있는 공통된 것은 '신라'였다. 신라인의 정신이 살아있는 시대였다. 그들은 그 정신으로 통일을 이뤄내었다. 그 정신 속에 가장 크게 자리한 것은 역시 화랑정신이었을 것이다.

문무왕은 명랑법사로 하여금 급히 절을 가설토록 하고 이를 살피러 온 당의 사신에게 천금의 뇌물을 주어 당의 예봉을 피하고자 했다. 망덕사가 당 황실의 만수를 빌기 위해 세워진 절이라는 보고를 받은 당 고종은 크게 기뻐하여 마음을 풀었다. 이때 문무왕은 때맞춰 외교 문서 작성에 능한 강수(强首)에게 명하여 인문을 놓아 달라는 내용의 표문을 보냈고, 그 표문을 읽은 당 고종은 눈물을 흘리면서 인문을 석방하고 위로해 보냈다고 한다.

인문이 옥에 있을 때 신라 사람들은 그의 안녕을 빌기 위해 절을 짓고 관음도량을 설치했다. 이것이 인용사다. 그러다가 인문이 해로로 귀국하다 해상에서 세상을 하직하자 그 도량을 미타도량으로 고

쳐서 그의 명복을 빌었다고 《삼국유사》는 적고 있다.

《삼국사기》의 내용은 조금 다르다. 인문은 "연재 원년(694) 4월 29일, 당나라 수도에서 병으로 죽으니 향년 66세였다."고 하고, 부음을 듣고 당 황제가 놀라고 슬퍼하며 수의를 주고 관등을 더 높여 주었다고 했다. 그리고 조산대부행사례시대의서령(朝散大夫行司禮寺大醫署令) 육원경(陸元景)과 판관조산랑직사례시(判官朝散郎直司禮寺) 모(某) 등에게 명하여 영구를 신라로 호송하게 하였다. 효소대왕은 그에게 태대각간을 추증하고, 담당관에게 명하여 연재 2년(695) 10월 27일에 서울의 서쪽 언덕에 장사 지냈다는 것이 《삼국사기》의 기록이다.

인문이 또 한 번 곤란한 처지에 빠지기도 했다. 674년에 문무왕은 고구려의 부흥군을 받아들이고, 또한 백제의 옛 땅에 대한 지배력을 강화했다. 당 고종은 크게 노하여 유인궤를 계림도대총관으로 삼아 병사를 내어 신라를 공격케 했다. 이때 당 고종은 당나라에 있는 인문을 임금으로 삼아 본국으로 돌아가서 그의 형을 대신하라 하고, 계림주대도독개부의동삼사(雞林州大都督開府儀同三司)로 책봉하였다. 인문으로서는 난감한 일이 아닐 수 없었다. 인문이 간곡히 사양하였으나 황제의 허락을 얻지 못하여 결국 길을 떠났다. 그때 마침 문무왕이 사신을 보내 공물을 바치며 사죄하므로 인문은 한숨을 돌렸다. 인문은 중도에서 돌아가 이전의 관직을 회복하였다.

김인문이 《삼국유사》에서 이야기하고 있는 것처럼 신라로 오는 도중 서해상에서 운명하였는지, 《삼국사기》의 기록처럼 당나라에서 죽어 신라로 운구되었는지는 확인하기 어렵다. 어느 경우든 관음도량을 설치하여 옥에 갇힌 그의 안녕을 빌고자 했고, 타계 후에는 미타도량으로 고쳐 그가 서방정토에 왕생하기를 빌었던 신라인들의 인문에 대한 사랑을 확인할 수 있다.

그를 위해 세운 인용사는 남천의 동쪽 즉 현재 인왕동에 있는 반월성을 돌아 흐르는 남천가의 월정교 건너편에 있었다. 인용사 절터에는 지금 초석 3기와 폐탑 2기가 남아 있다. 동남산의 마지막 계곡인 불곡의 기슭에 자리잡은 인용사지의 남쪽에는 국립경주박물관이 있고, 그 부근에는 일정교·월정교를 비롯해서 김유신이 살았다는 재매정 등의 유적이 있다.

신라인으로 살면서도 당나라 사람 속에서 그들의 일부로 살아가지 않을 수 없었던 김인문의 삶을 간단히 말하기는 어렵다. 조국과 협력관계가 되기도 했고 적대관계가 되기도 했던 타국 당나라 권력의 심장부에서 최고의 권력자와 지척에 있었던 김인문의 고충은 한두 가지가 아니었을 것이다. 그런 어려움 속에서도 그는 신라인들의 믿음을 저버리지 않았고 당나라의 분노를 사서 비명에 횡사하지도 않았다.

그에게 다양한 평가가 있을 수 있겠으나 그는 자신에게 주어진 운명을 고스란히 받아들이며 조국 신라를 위해, 삼국통일을 위해 크나큰 역할을 했다. 우국에서 적국으로 바뀐 타국에서 조국을 위해, 부왕과 형제를 위해, 자신의 판단과 행동을 이어가야 했던 김인문을 지탱하게 했던 것은 무엇이었을까? 역시 당시 신라인들에게 충만했던 화랑정신을 생각해보지 않을 수가 없다.

죽지랑

통일의 전장을 누빈 덕망의 화랑

경주 부산성지와 지맥석

화랑정신을 조그만 틀에 딱 가두어 정의하기는 어렵다. 사다함 · 귀산 · 추항 · 죽죽 · 관창 등 수많은 화랑과 낭도가 비슷한 것 같으면서도 각기 다른 삶을 살다가 갔다. 삼국통일의 과정에 많은 전공을 세웠던 죽지랑은 당시 신라의 지도자가 휘하의 사람들에게 베풀었던 마음 씀씀이를 오늘의 우리에게 보여주고 있다. 경주시 건천읍 서남쪽 오봉산의 산허리에 자리한 부산성지에는 죽지랑이 휘하 구성원들에게 보인 정성과 그를 따랐던 급간 득오가 표시했던 흠모의 이야기를 간직하고 있다.

주사산성(朱砂山城)으로 불리기도 하는 부산성은 3년간의 공사로 문무왕 3년(663)에 완공된 둘레 약 7.5km의 석축 산성으로 신라의 왕경인 금성의 서쪽 외곽을 지켜주는 구실을 했다. 사적 제25호로 지정되어 있는 부산성은 경주에서 대구로 통하는 요충지에 위치하고 있어 조선 전기까지도 왜구의 침입에 대비한 산성으로 이용되었다고 한다. 지금은 남문지, 군창지, 연병장지, 주암사지 등의 건물터와 허

부산성의 성벽

물어진 성벽의 잔해가 오봉산 산허리에서 무상한 세월의 흔적으로 남아있다. 다음은 《삼국유사》에 전하는 화랑 죽지랑의 이야기다.

　제32대 효소왕 때에 죽만랑(竹曼郎)의 무리 가운데 득오(혹은 득곡) 급간(級干)이 있어서 풍류황권(風流黃卷)에 이름을 올려놓고 날마다 나오고 있었는데, 한 번은 10일이 넘도록 보이지 않았다. 죽만랑은 그의 어머니를 불러 아들이 어디 있는가를 물으니 어머니는 말했다. "당전(幢典) 모량부의 익선(益宣) 아간(阿干)이 내 아들을 부산성 창직(倉直)으로 보냈으므로 빨리 가느라고 미처 그대에게 인사도 하지 못했습니다." 죽만랑은 "그대의 아들이 사사로운 일로 간 것이라면 찾아볼 필요가 없겠지만, 이제 공적인 일로 갔다니 마땅히 가서 대접해야겠소." 하며 떡 한 그릇과 술 한 병을 가지고 찾아가니 낭의 무리 137명도 위의를 갖추고 따라갔다.

　부산성에 이르러 문지기에게 득오실(得烏失)이 어디 있는가를 물으니 "지금 익선의 밭에서 예에 따라 부역을 하고 있습니다."고 하였다. 낭은 밭으로 찾아가서 가지고 간 술과 떡을 대접했다. 익선에게 휴가를 청하여 함께 돌아오려 했으나 익선은 굳이 반대하고 허락하지 않았다. 이때 간진(侃珍)이라는 관리가 추화군 능절의 조 30석을 거두어 싣고 성 안으로 가고 있었다. 죽만랑이 선비를 중히 여기는 풍속을 아름답게 여기고 익선의 고집불통을 비천하게 여겨, 가지고 있던 조 30석을 익선에게 주면서 휴가를 주도록 함께 청하였으나 그래도 허락하지 않았다. 이번엔 진절(珍節) 사지(舍知)의 말안장을 주니 그제야 허락했다. 조정의 화주(花主)가 이 말을 듣고 사자를 보내서 익선을 잡아다가 그 더럽고 추한 것을 씻어주려 하니, 익선은 도망하여 숨어 버렸다. 이에 그의 맏아들을 잡아갔다.

때는 한겨울 몹시 추운 날인데 성안에 있는 못에서 목욕을 시키자 얼어붙어 죽었다.

효소왕이 그 말을 듣고 명령하여 모량리 사람으로 벼슬에 오른 자는 모조리 쫓아내 다시는 관청에 나오지 못하게 하고, 승복을 입지 못하게 하고 만일 승려가 된 자라도 종을 치고 북을 울리는 절에는 들어가지 못하게 했다. 칙사가 간진의 자손을 올려서 칭정호손(秤定戶孫)을 삼아 남달리 표창했다. 이 때 원측법사는 해동의 고승이었지만 모량리 사람인 때문에 승직을 주지 않았다.

처음에 술종공이 삭주 도독사가 되어 그의 임지로 부임하러 가는데, 이때에 삼한에 병란이 있었으므로 기병 3천 명으로 그를 호송하게 하였다. 행렬이 죽지령에 이르자 한 거사가 길을 잘 닦고 있었다. 공이 그것을 보고 탄복하여 칭찬하자 거사 또한 공의 위세가 매우 놀라운 것을 보고 좋게 여겨 서로가 마음으로 존경하게 되었다. 공이 고을의 임소에 부임한 지 한 달이 되었다. 꿈에 거사가 방에 들어오는 것을 보았다. 부부가 같은 꿈을 꾸었으므로 더욱 놀라고 괴이하게 여겨 다음날 사람을 보내어 그 거사의 안부를 물었다. 사람이 말하기를 "거사가 죽은 지 며칠이 되었습니다."고 하였다. 사자가 돌아와서 그 사실을 고하니 그 날이 꿈꾸었던 날과 같은지라 공이 말하기를 "아마 거사가 우리 집에 태어날 것 같소."라고 하였다. 다시 군사를 보내어 고개 위 북쪽 봉우리에 장사를 지내게 하고 돌로 미륵불 한 분을 새겨 무덤 앞에 세우게 하였다. 공의 아내는 꿈을 꾼 날부터 태기가 있더니 아이를 낳았는데, 이러한 이유로 하여 죽지라고 이름 지었다. 이 죽지랑이 커서 벼슬을 하게 되니 유신공을 따라 부수(副帥)가 되어 삼국을 통일하였다. 진덕, 태종, 문무, 신문의 4대에 걸쳐 재상이 되어 이 나라를 안정시켰다. 처음에 득오곡이 낭을 사모하여 노래를 지어 부르니 다음과 같다.

지난 봄 그리워함에
모든 것이 시름하는구나
아름다움 나타내신
얼굴이 주름살이 지시려 하는구나.
눈 깜빡할 사이에나마
만나 뵙도록 하리라.
낭이여! 그리워하는 마음에 가는 길
다북쑥 우거진 마을에 잘 밤인들 있으리까.

다른 향가 작품이 그렇듯이 〈모죽지랑가〉 역시 다양하게 해석되고 있다. 작품의 창작시기에 대한 주장도 크게 둘로 나뉜다. 죽지랑의 생존시에 창작되었다는 설이 있고, 그의 사후에 득오가 추모의 마음을 담아 지었다는 설이 있다. 그러나 학자들의 주장이 어떻게 엇갈리든 〈모죽지랑가〉에는 노쇠한 죽지랑에 대한 안타까움과 존경의 마음이 담겨 있는 것은 분명하다.

죽지랑은 진덕여왕 3년(649) 김유신과 함께 도살성(道薩城)에서 백제군을 격파한 것을 비롯하여 나당전쟁이 끝날 때까지 숱한 전투에 참여하여 크고 작은 전공을 세워 신라의 삼국통일에 이바지한다. 무열왕 8년(661)에 백제부흥군 진압에 공을 세워 귀당총관(貴幢摠管)이 되고 문무왕 7년(668)에 경정총관(京停摠管)이 되어 고구려 정벌에 나서기도 한 그는 나당전쟁 때에는 석성(石城)에서 당나라 군사와 결전(671)하여 5천여 당군을 목베고 당나라 장수 6명과 백제부흥

측면에서 본 지맥석

군 장수 2명을 포로로 잡는 공을 세우기도 했다. 그야말로 죽지는 통일의 과정에 눈부신 공을 세운 역전의 노장인 것이다. 그런 그가 삼국통일 후에는 17관등 중 여섯 번째 관등에 불과한 아간에게 수하 사람의 휴가를 거절당하는 수모를 겪고 있다.

　향가 〈모죽지랑가〉와 그 배경설화의 문맥을 정확히 읽기 위해서는 더 많은 검토가 계속 이루어지겠지만 지금 몇 가지는 분명해 보인다. 삼국통일을 기점으로 화랑의 역할과 위상에 변화가 있었다는 점, 그

166

런 변화에도 불구하고 화랑은 자신이 보살펴야 할 구성원들에 대한 책임감을 가지고 있었다는 점, 공적 임무를 수행하는 사람을 존중하고 사사로운 이익을 추구하는 사람을 미워하는 사회적 공감대가 지속되고 있었다는 점 등이다.

그 사회의 외형이 어떠하든, 지도자가 그 구성원들을 배려하고 구성원들이 그 지도자를 흠모하고 따르는 것은 동서고금을 막론하고 가장 바람직한 공동체의 모습이요 선순환의 본질일 것이다. 그런 사회를 구현하는 데 제도의 뒷받침이 중요하지 않은 것은 아니겠으나 결국은 사람의 문제로 귀결된다. 삼국통일 전후기를 살았던 죽지랑은 그 시대 그 사회를 살았던 훌륭한 지도자의 한 사람이었다.

부산성지가 위치한 경주시 서면 천촌리 오봉산 정상에는 의상대사가 세웠다고 하는 주암사 절터가 있다. 절터의 삼면은 바위로 둘러싸여 있고 남쪽은 부산성이 보이도록 트여 있다. 이 절의 바로 북쪽에 지맥석(持麥石) 혹은 마당바위라 불리는 큰 반석이 있다. 측면은 깎아지른 듯한 절벽으로 이루어져 있으며 그 상단은 100여 명이 앉을 수 있을 만큼 넓고 편평한 공간으로 되어 있다.

《신동국여지승람》과《동경잡기》에는 '신라 김유신 장군이 바위 위에 쌓아둔 보리로 술을 빚어 군사들에게 베풀어 먹였다'고 전하는 이야기를 기록하고 있다. 전장에서 진두지휘하는 장군이 휘하의 장졸들을 위해 감당해야 할 또 다른 역할을 이야기해주는 대목이다. 이 반석에서 패인 자국처럼 보이는 것은 그때의 말 발자국이라고 전해지고 있다.

우리가 숨쉬고 있는 이 시대가 남기는 말발굽은 후대에 어디서 어떤 모양으로 나타날지 알 수 없다. 분명한 것은 이 시대의 지도자 역시 구성원들을 위한 보리를 갈무리해야 하고, 어떤 종류의 것이건 구성원들의 힘을 북돋우기 위한 먹거리를 마련해야 한다. 그것이 생선의 모양으로든 포도주의 형태로든.

부여 석성산성

　충청남도 부여군 석성면 현내리에 있는 석성산성은 죽지랑이 혁혁한 전과를 올렸던 유적지이다. 석성산성은 백제의 수도 사비도성의 남쪽 외곽을 방어하기 위해 6세기 전반에 세워진 것으로 둘레 약 1,600m, 폭 약 5m, 높이 4m 규모의 백제 산성이다. 바깥쪽은 돌을 쌓아 올리고 안쪽은 흙을 파서 도랑처럼 만들어 놓은 형태를 취하고 있다. 현재 성벽은 거의 무너져 있고, 성 안 가운데 산등성이에는 토기조각과 기와조각들이 널려 있다. 이런 잔해로 봐서 그곳에 건물이 있었던 것을 짐작할 수 있다.

　백제 멸망 뒤 이 성에서 백제부흥군과 나당연합군이 싸웠지만, 고구려가 멸망한 이듬해 나당전쟁이 시작되면서부터 이곳은 신라군과 당나라 군사들의 격전지가 되었다. 죽지랑은 이 시기의 전투에서 큰 전공을 세우는데, 문무왕 10년(670)과 11년에 걸쳐 있었던 전투에 대한《삼국사기》기록을 옮기면 다음과 같다.

　　문무왕 10년 가을 7월에 왕은 백제의 남은 무리들이 배반할까 의심하여 대아찬 유돈을 웅진도독부에 보내 화친을 청하였으나 도독부는 이에 따르지 않고, 사마(司馬) 예군(禰軍)을 보내 우리 신라를 엿보게 하였다. 왕은 그들이 신라를 도모하려는 것을 알고 예군을 붙잡아서 돌려보내지 않고 군사를 일으켜 백제를 쳤다. 품일·문충·중신·의관·천관 등이 성 63곳을 쳐서 빼앗고 그 사람들을 내지로 옮겼다. 천존과 죽지 등은 일곱 성을 빼앗고 2천 명

석성산성으로 오르는 길

의 목을 베었으며, 군관과 문영 등은 12성을 빼앗고 오랑캐 군사
를 쳐서 7천 명의 목을 베었으며, 빼앗은 말과 병기들이 매우 많
았다. 왕이 돌아와서 중신 · 의관 · 달관 · 흥원 등은 군영에서 퇴각
하였으므로 그 죄가 마땅히 죽어야 하지만, 용서하여 관직에서 물
러나게 하였다.

　문무왕 11년(671) 봄 정월에 이찬 예원을 중시로 삼았다. 군사를
일으켜 백제를 침공하여 웅진 남쪽에서 싸웠는데, 당주(幢主) 부과
(夫果)가 죽었다. 말갈 군사가 쳐들어와 설구성을 포위하였다가 이
기지 못하고 장차 물러가려 하자, 군사를 내어 쳐서 300여 명의 목
을 베어 죽였다. 당나라 군사가 백제를 구원하러 온다는 말을 듣고
대아찬 진공 등을 보내 군사를 이끌고 웅포를 지키게 하였다. (중

략) 6월에 장군 죽지 등을 보내 군사를 이끌고 백제 가림성의 벼를
짓밟게 하였다. 마침내 당나라 군사와 석성에서 싸워 5천3백 명을
목베고 백제 장군 두 명과 당나라 과의 여섯 명을 사로잡았다.

    김유신 장군 뒤에서 종군하며 전장에서 잔뼈를 키웠던 죽지랑은 어
느새 노련한 장군이 되어 전장을 종횡무진 누비고 있었다. 문무왕 10
년(670) 대당항쟁 시에는 죽지 장군이 백제 7성을 빼앗고 2천여 명의
목을 베었으며, 이듬해에는 이 석성산성에서 전투를 벌여 5천3백여
명의 목을 베고 백제와 당나라 장수 여럿을 사로잡는 전공을 세웠다.
    죽지랑은 자신이 거느렸던 낭도들의 두터운 신망을 받았던 화랑이
었다. 한반도의 구석구석에서 죽지 장군과 같은 리더들이 화랑정신

으로 충만한 신라의 젊은이들과 함께 일심동체가 되어 전선을 누비며 조국을 위해 기꺼이 목숨을 바쳤다. 삼국통일은 바로 그들의 손에 의해 이루어졌다.

부여 가림성

충청남도 부여군 장암면과 임천면 군사리에 자리하고 있는 가림성 (加林城)은 지금은 주로 성흥산성(聖興山城)이라 불리는데, 사적 제4호로 지정되어 있다. 이곳은 화랑 출신 죽지 장군의 말발굽이 역사 속에서 커다란 족적으로 남아 있는 곳이기도 하다.

가림성은 백제의 가림군에 속했던 석성으로 부여 남쪽 통로를 지키는 데 매우 중요한 요새였다. 도성이었던 부여 남쪽 약 12km의 임천에서 북쪽으로 약 600m 떨어진 지세가 험하고 높은 성흥산 위에 축조된 것으로 우리나라의 대표적 산성으로 꼽는다. 산의 해발은 261m로 낮은 구릉 정도이지만 평야가 대부분인 금강하류 지방에 있어서는 돋보일 만큼 높은 편에 속한다. 산성은 산꼭대기를 중심으로 네모꼴 형태로 성벽을 쌓아 축조되었다. 남서쪽에는 높은 절벽이 있는데 절벽으로 이루어진 곳은 석축으로 하고 다른 3면은 토축으로 하여 성문을 만들었다. 주문인 남문의 문지 앞에 있는 토성산에 둘레 약 200m의 토축보루가 있고 이 토축보루에는 부속된 소보루가 또 있다. 이와 같은 대·소 성의 배치는 백제산성의 독특한 점이라고 한다.

이 성은 백제 제24대 동성왕(재위 479~501)의 암살 사건과 관계가 있다. 동성왕 23년(501), 백제는 탄현에 책(柵)을 만들고 이어 8월에는 이 가림성을 쌓아 신라의 침공에 대비하고자 했다. 백제시대에 축조된 성곽 가운데 유일하게 연대가 확실한 것이 이 성이다. 왕은 위사좌평 백가를 시켜 이곳을 지키게 하였다. 백가가 가고 싶지 않아 병을 핑계로 사양하였으나 왕이 이를 허락하지 않자 원망을 하게 되었으며, 11월에 이르러 백가가 사람을 시켜 왕을 베게 했다. 중상을 입은 왕은 다음 달에 숨을 거두고 만다.

자객을 보낸 백가는 웅진의 토착 호족으로 동성왕이 구 귀족 세력을 견제하기 위해 등용한 신진 귀족 세력이었다. 동성왕은 신진 세력

사비성의 마지막 관문인 가림성의 입구

의 지나친 팽창을 막기 위해 백가를 가림성 성주로 보내고자 했고, 근거지에서 벗어나는 것을 꺼린 백가가 동성왕에게 반격을 가한 것이다.

왕을 암살한 좌평 백가는 가림성에 자리잡고 굳게 지키며 모반을 꾀했다. 동성왕의 뒤를 이은 무령왕이 즉위 이듬해(502년) 1월에 직접 병마를 거느리고 우두성에 이르러 한솔 해명에게 이를 토벌토록 명했다. 저항하며 버티던 백가가 나와 항복하자 무령왕은 그를 참형하여 백강에 던져 버렸다. 이것이 동성왕 암살 사건의 전말이다.

백제가 멸망하기 약 160년 전에 일어난 이 사건은 백제의 비극을 이미 잉태하고 있었다. 동성왕 때 극단적으로 불거진 왕권과 신권의 갈등은 이후 양상이 다소 다를지라도 의자왕 때까지 계속 이어졌다.

가림성에서 바라본 일출 직후의 풍경. 겹겹이 둘러싸고 있는 산의 능선이 보인다.

백제가 만약 서로가 움켜쥘 권력을 다투지 않고, 함께 추구할 대의 아래 군신이 뭉칠 수 있었다면 그렇게 허망하게 무너지지는 않았을 것이다. 조금 뒤에 등장한 진흥왕이 화랑제도를 활성화하여 신라인들을 결집한 것과 대조가 되지 않을 수 없다.

백제 멸망 후에는 백제의 유민들이 이 가림성에 들어와 부흥운동을 펼치는데 이 성은 오랫동안 백제부흥군의 거점이 되었다. 이곳을 공격하던 당나라 장수 유인궤가 이 성을 난공불락이라 평했듯이 가림성은 견고했다.

고구려 멸망 후 나당전쟁이 시작되면서 백제부흥군과 싸우던 신라군은 당나라 군사와도 싸워야 했다. 문무왕 11년(671) 6월 죽지 장군은 백제부흥군이 웅거하고 있는 이 가림성을 쳐들어오지만, 성을 공

가람성 터에 서 있는 500년 수령의 느티나무

략하는 것은 어렵다고 보고 벼만 짓밟아 식량 공급에 타격을 주고자
했다. 죽지는 그 군사를 몰아 석성으로 가서 당나라 군사와 싸워 5천
3백 명의 목을 베었다.

　수하 사람들이 보인 상관 죽지에 대한 신뢰는 그가 전장을 거침없
이 누빌 동력으로 작용했고 죽지의 전공은 삼국통일의 추진력이 되
었다. 역사는 독립된 듯 보이는 이런 개별 사건들의 유기적 조합이
다. 자고로 역사는 그렇게 흘렀고 지금도 그렇게 흘러가고 있다.

김흠순

국인이 공경한 포용의 리더십

거창 거열성

나당연합군의 공세를 이기지 못해 사비성에서 웅진성으로 피신한 지 일주일 만에 항복한 백제 의장왕은 온갖 수모를 겪어야 했다. 금돌성에서 백제의 항복 소식을 듣고 단숨에 달려온 무열왕이 당나라 장수 소정방과 함께 상석에 앉아 마루 아래의 의자왕에게 술을 따르게 하였을 때, 이를 지켜보던 백제의 신하들이 모두 울음을 터뜨렸다고 한다.

소정방은 의자왕과 백제의 왕족, 귀족 90여 명 외에도 1만 2천여 명에 이르는 백제 백성들을 포로로 끌고 갔다. 당나라로 끌려간 이들도 서글픈 신세가 되었지만, 남아있는 백제의 백성들은 나라 잃은 혼란 속에 나당 군사들의 약탈에 시달려야 했다. 자연히 곳곳에서 백제 부흥의 기치를 든 봉기가 일어났다. 복신, 도침, 흑치상지, 정무, 여자진 등의 많은 지도자들이 부흥군을 이끌었다. 왜국에 머물고 있던 왕자 부여풍도 귀국하여 부흥군에 합세했다. 하지만 수년 간의 끈질긴 저항도 결국에는 물거품으로 돌아가고 만다. 백제 백성들은 지도층 분열로 인한 패망의 울분과 쓰라림을 다시 한 번 맛봐야 했다.

경상남도 거창군 거창읍에는 건흥산성(建興山城)으로 불리기도 하는 거열성(居列城)이 있다. 삼국시대 말기 혹은 백제 멸망 후 그 유민들이 부흥운동을 벌이면서 쌓은 것으로 추측되는 성이다. 자연석을 그대로거나 쪼개어 지형에 따라 3~9m 높이로 쌓아올린 성벽이 약 2km 둘레로 이어진 석성이다. 덕유산, 지리산 등 산악지대에 구축된 성 중에서 가장 규모가 큰 성으로 1974년 12월 28일에 경상남도 기념물 제22호로 지정되었다.

능선의 기복을 잘 이용하여 쌓았던 이 성은 무주 방면으로 통하는 길목을 지키는 요충지에 위치하고 있다. 백제부흥군은 이 성에서 3년간이나 강인하게 버텼지만 결국 신라군의 공세에 무너지고 만다. 《삼국사기》는 문무왕 3년(663) 2월에 흠순(欽純), 천존(天存) 등이 이 성을 공취하고 700여 명을 베었다고 적고 있다. 이때 신라군을 이끌었던 장군이 흠춘(欽春)으로 불리기도 하는 김유신의 아우 김흠순(599~680)이다.

화랑으로 제19세 풍월주(631~635)를 지냈던 김흠순은 형 김유신과 말머리를 나란히 하여 황산벌을 거쳐 사비성으로 진군하여 백제를 무너뜨렸다. 그는 나당전쟁을 거쳐 신라의 삼국통일이 완수되기까지 크고 작은 전투에 참가하여 자신의 몫을 훌륭히 수행했을 뿐 아니라 너그러운 인품으로 국인의 존경을 한 몸에 받으며 천수를 다한 인물이었다. 그가 백제부흥군을 진압하여 전공을 세운 곳 중의 하나인 거열성에서 그의 삶을 잠시 조명해 본다.

복원된 거창 거열성의 성벽

　《삼국사기》에는 김흠순이 진평왕대에 화랑이 되었다고 기록하고
있고, 《화랑세기》에는 김흠순이 풍월주를 지낸 전말을 비교적 자세
히 전하고 있다. 김흠순은 김유신의 4살 아래의 동생이다. 그는 제17
세 풍월주 염장공 밑에서 바로 다음에 풍월주를 이어받을 자격을 갖
춘 부제로 있었지만 자신보다 5살 아래인 김춘추에게 제18세 풍월주
자리를 양보하고, 자신은 제19세 풍월주가 된다.

　그가 많은 전공을 세운 것을 《삼국사기》를 통해서 확인할 수 있는
데 우선 주목할 만한 것은 황산벌전투에서 그가 했던 역할이다. 계백
장군이 이끄는 백제 결사대의 철벽같은 방어선을 무너뜨릴 수 있었
던 것은 화랑 관창의 희생이 있었기 때문이었던 것은 잘 알려진 일이
다. 그 관창에 앞서 백제군에 돌진하여 산화한 사람은 김흠순의 아들

반굴이었다.

　태종무열왕 7년(660) 7월 9일, 당나라 장수 소정방은 김인문과 함께 당의 대군을 이끌고 백강에 상륙했다. 이때 김유신 장군과 김흠순·김품일 등이 거느린 5만의 군사는 황산벌에서 계백이 이끄는 백제 5천의 결사대와 힘겨운 싸움을 벌이고 있었다. 신라군이 수적으로는 10배의 우위에 있었으나 목숨을 걸고 저항하는 백제의 결사대 앞에 쉽사리 돌파구를 찾지 못하고 점점 사기가 위축되고 있었다. 당나라의 군대와 합세하기로 약조한 날짜는 7월 10일이었다. 신라군 진영에서는 초조감만 더해갈 뿐 별다른 묘책이 없는 상태였다. 이때 김흠순이 아들 반굴을 불러 말했다. "남의 신하가 되어서는 충성을 다하여야 하고, 남의 아들이 되어서는 효도를 다하여야 한다. 위급한 일을 보고 목숨을 내놓는 것은 충성과 효도를 다하는 일이다." 아버지의 뜻을 읽은 반굴은 망설임 없이 말에 올라 단신으로 백제 진영 깊숙이 달려들어가서 용감히 싸우다 전사하였다. 반굴에 이어 좌장군 품일의 아들 관창이 16세의 어린 나이로 과감히 싸우다 목숨을 잃자, 발분한 신라의 대군이 공세를 펴 완강하게 버티던 백제의 결사대를 무너뜨리고 만다.

　이 전투에서 전사한 반굴은 흠순의 셋째 아들로 유신의 넷째 딸 영광과 결혼하여 영윤(令胤)이라는 아들을 둔 가장이었다. 김유신에게는 조카이자 사위인 것이다. 황산벌의 일로만 본다면 어린 자식까지 딸린 아들을 사지로 내몬 김흠순을 매우 냉혹한 인물이라 하지 않을 수 없다. 그러나 그의 삶 전체를 본다면 사사로운 욕심에 얽매이지 않는 훌륭한 공인이요, 나라사람들의 존경을 한 몸에 받은 너그러운 인품의 소유자였던 것이 분명하다. 《화랑세기》에는 흠순에 대해 "공은 여러 차례 대전을 거쳤으나 패한 일이 없었고, 사졸을 사랑하기를 어린아이같이 했다. 조정에서는 공을 3보(寶)의 하나로 삼았다. 문무제 20년(680) 2월 보단낭주와 더불어 함께 천계로 올라갔다. 나이가 83살이었는데 낭주는 2살이 적었다. 자손이 백을 헤아렸고 조문하는 사람이 만을 헤아렸다. 공경할 만하지 않은가?"라고 적고 있다.

김흠순은 신라에 의한 삼국통일이 이루어지기까지 숱한 전투에 참여하여 수많은 전공을 세운 뛰어난 장군이었다. 그가 화랑 풍월주가 되었을 때 풍월주의 일상적인 업무는 부제인 예원에게 맡기고 지방에서 벌어지고 있는 전투에 참여했을 정도로 자신의 몸을 아끼지 않았다. 이렇게 시작한 그는 평생 전장을 누볐다. 백제 정벌 전쟁에 형 유신과 함께 참여했고, 고구려 정벌 때에도 대당총관이 되어 인문·천존 등과 함께 출정하였다. 정벌 이후에도 부흥군 진압에 참여하고 대당전쟁도 수행했다. 663년에 있었던 거열성 전투도 그 중의 하나였다.

전장에서 초목도 떨게 했던 그는 실상 드물게 보는 가족애의 소유자였다. 그가 첫째 부인 보단낭주를 만난 것은 그의 나이 18세에 전방화랑(前方花郎)이 되어 선배 화랑들을 두루 배알하면서 제12세 풍월주였던 보리공을 만났을 때였다. 그는 보리공의 딸 보단낭주를 보고 반하였다. 며칠 후 사위되기를 청하는 흠순에게 보리공은 남자가 삼가해야 할 것이 색(色)인데, 다른 여자에 눈을 돌리지 않는다면 사위로 삼겠다고 했다. 흠순이 맹세하고 보단을 아내로 맞아 약속을 지

컸다. 보리공이 "처를 사랑함이 이와 같다면 둘째 딸을 주어도 좋다."고 하고 보단의 동생 이단까지 흠순에게 시집을 보냈다. 보단은 일곱 아들을 낳고 이단은 세 딸과 두 아들을 낳았는데 흠순은 처자(妻子)를 끔찍이 사랑했다. 《화랑세기》는 두 낭주 및 자녀들과 노는 것이 마치 어린아이와 같아 그가 삼한의 대영걸인 줄 누가 알겠는가? 전쟁에 임하면 초목이 모두 떨고 집안에서는 닭과 개가 모두 업신여긴다고 한 것은 공을 두고 한 말이라고 적고 있다. 화목한 가정을 꾸려가는 그의 품성을 짐작할 만하다.

이런 흠순이 삼남 반굴을 전사하게 만들었다. 냉혹하게 비치는 이 결정의 이면에는 어느 누구보다도 더한 아픔이 있었을지도 모를 일이다. 그가 부인을 존중한 태도도 특별했다. 흠순은 "내가 능히 나라와 집안을 위하여 공을 세울 수 있었던 것은 나의 처가 뒤에서 도운 때문이다."고 공공연히 말을 했다. 형 유신은 큰 일이 있으면 집에 들어가지 않고 문을 그냥 지나갔지만, 흠순은 큰 일이 있으면 반드시 먼저 집에 들러 부인과 이야기를 하고 갔다. 사람들이 모두 그의 형 유신에게 외경심을 가졌으나 흠순은 "어리석은 형이 어찌 두려운가?"라고 거침없이 말했다. 유신은 이런 아우 흠순을 돈독한 우애로 마치 어린아이처럼 사랑하였다고 한다. 흠순은 자신의 식솔들은 물론 엄격했던 형 유신까지도 자신의 방법으로 끌어안아 인화를 이루었다.

흠순은 재물에는 어두워 제17세 풍월주였던 염장의 신세를 자주 졌다. 염장은 '네가 나를 곳간으로 삼는데 내 아이를 돌보지 않는다면 나는 손해'라며, 아예 그의 딸들에게 재물을 나누어 줘서 흠순의 아들들과 부부의 연을 맺게 했다. 염장공이 색을 좋아하고 재물을 탐하니, 그 딸을 맞으면 가풍을 상하게 될까 염려된다는 아내 보단의 걱정에 그는 "색을 좋아하는 것은 성품이다. 나 또한 그대가 없었다면 곧 염형과 같았을 것이고, 내가 재물을 탐했다면 곧 집이 부유해져서 그대로 하여금 고생을 하지 않게 했을 것이니 호색탐재(好色貪財) 또한 할 만하지 않는가." 하고 대답했다. 자신에게도 역시 색을 좋아하는 성품이 있지만 장인과 아내와의 약속을 지키기 위해 절제했고, 청렴한 생활을 추구하지만 가족의 고생이 마음에 걸린다는 뜻을 담은 그의 대답에서 인간 김흠순을 만날 수 있다.

전장에서는 산천초목이 떨 정도로 철저한 무장이었고, 가정에서는 닭과 개까지도 업신여겼다는 말이 나올 정도로 부드러웠던 김흠순은 넉넉한 포용력의 인물이었던 것이 분명하다. 이런 흠순이었기에 추상같았던 형 유신 앞에서 언제든 당당했고, 유신은 그런 아우를 깊이 신뢰하고 사랑했다. 자신은 절제하되 남에게는 관대했던, 그래서 당당할 수 있었던 흠순은 누구로부터든 신뢰를 받을 만한 지도자였다.

김흠순의 리더십이 너무도 그립고 간절한 시대가 되어버렸다. 오늘을 사는 우리들은, 권력을 제멋대로 휘두르던 인사들이 손 안에서 권력이 모래알처럼 빠져나간 뒤 자신이 떵떵거리며 했던 짓을 부인하기에 바쁜 비굴한 모습을 심심찮게 본다. 왜 오늘날은 공사구분이 분명하고 어떤 경우에든 당당할 수 있는 리더를 만나기가 이토록 어려운 것인가? 김흠순 장군의 우렁찬 호령이 들리는 듯한 거열성에서 이 시대를 이끌 리더다운 리더를 길러낼 방법에 대해 주제넘은 고민을 해 본다.

원술랑

죽을 때를 놓친 비운의 화랑

연천 매소성

원술랑은 김유신 장군의 아들이다. 어머니는 지소부인으로 김유신의 여동생 문희와 김춘추 사이의 소생이다. 당시로서는 충분히 있을 수 있는 근친혼으로 출생하여 친가로든 외가로든 왕실과 이어져 애지중지 컸을 원술이 부모로부터 내침을 당하는 가슴 아픈 이야기는 화랑 특히 김유신이 가졌던 신라형 노블레스 오블리주 정신을 여실히 보여주는 일대 사건이었다. 다음은 《삼국사기》가 전하는 '원술랑의 비극' 이야기다

처음에 문무왕이 고구려의 유민을 받아들이고, 또 백제의 옛 땅을 점거하며 그 세력을 펴므로 당 고종이 크게 노하여 군사를 보내어 치게 하였다. 당군이 말갈과 함께 석문의 들판에 진을 치자, 왕은 장군 의복·춘장 등을 보내어 대방의 들판에다 군영을 설치하고 방어하였다. 이때에 장창당(長槍幢)만이 홀로 영(營)을 달리 하고 있다가 당나라 병사 3천여 명을 만나 이들을 잡아서 대군영으로 보

냈다. 이에 여러 군영에서 모두 말하기를 "장창당이 홀로 있다가 성공하였으니 반드시 후한 상을 얻을 것이다. 우리들은 후방에 머물러 두게 하니 쓸데없는 헛수고만 할 따름이다."라고 하면서 드디어는 각각 군대를 갈라 분산하였다. 당병이 말갈과 함께 아직 진을 치지 아니한 틈을 타서 공격하니 우리 편에서 크게 패하여 장군 효천과 의문 등이 전사하였다. 유신의 아들 원술이 비장이 되어 또한 싸우다 죽으려고 하자, 그를 보좌하는 담릉이 말리며 "대장부는 죽을 곳을 찾아 죽는 것이 어려운 일이니, 만일 죽어서 이루어짐이 없다면 살아서 후에 공을 도모함만 같지 못합니다."고 하였다. 원술이 대답하기를 "남아는 구차하게 살지 않는 것이다. 장차 무슨 면목으로 우리 아버지를 보겠는가?"하고 말을 채찍질하여 달려가려고 하니 담릉이 고삐를 잡아당기며 놓아주지 않았다. 그래서 그만 죽지 못하고 상장군을 따라서 무이령으로 나오니 당나라 군사가 뒤를 바짝 추격하였다.

이때 거열주 대감 일길간 아진함은 상장군에게 "공 등은 힘을 다하여 빨리 가시오. 내 나이 일흔이니 얼마나 더 살 수 있겠소? 이때야말로 내가 죽을 날이오."하며 창을 비껴 들고 적진으로 돌격하여 싸우다가 전사하였는데, 그 아들도 뒤따라 적진으로 뛰어들어 싸우다가 전사했다. 대장군 등이 가만히 경성으로 돌아왔다. 문무대왕이 듣고 유신에게 "군사들이 패하였으니 어찌하면 좋겠소?"하고 묻자, 대답하기를 "당인들의 모책을 가히 헤아릴 수 없사오니 장병들로 하여금 각기 요새처를 엄중히 지키게 하여야 하겠습니다. 다만 원술은 왕명을 욕되게 하였을 뿐 아니라 가훈을 저버렸으니 참형하게 하옵소서."하였다. 대왕은 "원술은 뛰어난 장수인데 혼자에게만 중한 형벌을 시행함은 불가하다."하고 용서해 주었다. 원술이 부끄

경기도 연천군의 대전리 산성

럽고 두려워서 감히 아버지를 보지 못하고 전원으로 숨어다니다가 아버지가 돌아간 뒤에 어머니를 뵙기를 청하였다. 어머니가 "부인은 삼종의 의리가 있다. 지금 과부가 되었으니 아들을 따라야 하겠지만, 너는 이미 돌아가신 아버지께 아들 노릇을 하지 못하였으니 내가 어찌 그 어미가 될 수 있느냐?"하고 만나 주지 않았다. 원술이 통곡하며 가슴을 두드리고 땅을 구르면서 차마 떠나지 못하였으나, 부인은 끝내 보지 아니하였다. 원술이 탄식하기를 "담릉의 만류 때문에 잘못된 것이 이 지경에 이르렀구나."하고 곧 태백산으로

대전리 산성 정상

들어가고 말았다.

　을해년(675)에 당병이 와서 매소천성(買蘇川城)을 치니, 원술이 듣고 지난날의 치욕을 씻어 버리고자 싸움터로 나가서 죽음을 각오하고 힘써 싸워 공을 세우고 상을 받았다. 그러나 여전히 부모에게 용납되지 않으므로 이를 안타깝게 여기어 벼슬길에 오르지 않고 한 세상을 마쳤다.

　문무왕 12년(672) 당과 말갈의 군대가 석문에서 진을 치니 신라군도 대방으로 나가 이를 막았고, 이 싸움에 원술은 비장이 되어 출전하였다. 군 지휘관들의 공을 다투는 용렬한 이기심과 잘못된 판단으로 신라군은 크게 패하였고, 원술은 이곳이 목숨을 바칠 곳임을 직감하고 결연히 말에 올랐지만 부관인 담릉의 강한 만류로 명예롭게 전사 할 기회를 놓쳐버렸다.

78세의 노장군 김유신은 살아 돌아온 아들 원술을 용서하지 않았다. 죽음을 눈앞에 둔 김유신은 젊은 시절 자신의 애마를 베었듯이 부자간의 인연을 베어버렸다. 원술은 견딜 수 없는 굴욕감에 몸부림쳤지만 김유신은 이듬해 세상을 뜰 때까지 자식을 용서하지 않았다. 3년 뒤 매소성 전투에서 전공을 세운 원술랑이 홀로된 어머니 지소부인을 찾아갔으나 어머니도 아들을 끝내 용납하지 않았다. 아들을 내친 김유신과 지소부인의 마음 역시 크나큰 아픔이 있었을 것이다. 그러나 그들은 그 고통을 선택했다.

'신라는 당군을 어떻게 이겼나? 매소성 전투의 비밀'이라는 제목의 KBS 역사스페셜(2007)은 대당전쟁 때의 매소성 전투를 집중 조명하여 시청자들의 관심을 불러일으켰다. 매소성의 위치에 대해서는 두어 가지 이론이 있었으나, 학계는 1984년부터의 실측조사로 현재의 경기도 연천군 소재 대전리 산성이 바로 매소성인 것으로 결론을 내렸다.

나당전쟁이 절정에 달한 문무왕 15년(675), 신라는 이때의 매소성 전투에서 당의 한반도 지배야욕을 완전히 꺾어버렸다. 역사스페셜은 3~4만에 불과했던 신라군이 이근행이 이끄는 당의 정예 기병부대

20만 대군을 크게 무찌를 수 있었던 이유로 신라의 위력적인 쇠뇌 즉 기계식 활인 천보노를 사용하는 노부대와 장창을 무기로 기병을 막아내는 장창당, 그리고 축성 전문 기술자로 구성된 특수부대인 대장척당을 꼽았다. 신라인들의 놀라운 무기와 기술을 알려준 흥미로운 내용이었다. 여기에 한 가지를 더한다면, 전날의 치욕을 씻고자 분전했던 원술랑과 함께 목숨걸고 싸운 신라의 젊은이들이 분출한 화랑정신을 꼽을 수 있을 것이다.

백제와 고구려의 멸망 이후 신라는 한반도의 주도권을 놓고 또다시 긴 전쟁을 치른다. 676년까지 이어진 나당전쟁이 그것이다. 당나라의 욕심으로는 고구려·백제를 무너뜨린 김에 신라도 복속시켜 한반도 전역을 통치하고 싶었겠지만, 신라로서는 용납할 수 없는 일이었다. 충돌이 일어날 수밖에 없었다.

나당전쟁이 끝나기 1년 전인 675년의 2월, 유인궤가 이끄는 당군이 칠중성 전투에서 승리하여 기세를 올렸다. 그러나 바로 그 해 9월에 서해에서 매소성으로 가는 길목에 있는 천성, 그리고 매소성 전투에서 신라군이 당나라 군대를 크게 무찔렀다. 이때의 승전은 이듬해 나당전쟁을 종식하고 삼국통일을 자주적으로 성취하는 데 주요한 분수령이 되었다.

675년 9월 신라 장군 문훈(文訓) 등이 천성에서 서해로 침입한 설인귀의 수군을 격파하여 1천4백여 명의 머리를 베고, 병선 40척과 전마 1천 필을 빼앗는 대승을 거두었다. 그 달 29일, 당나라 이근행이 계림도대총관으로 20만 대군을 이끌고 매소성에 내려와 주둔하였다. 신라군은 이를 공격하여 패주시키고 전마 3만 3백8십 필을 얻고 많은 수의 무기를 빼앗았으며 당나라 군사들을 베었다. 《삼국사기》에 기록된 내용이다.

통일전쟁 최대의 대회전으로 기억되는 이 매소성 전투에서 신라군이 크게 승리함으로써 당나라는 한반도 지배야욕을 접어야만 했다. 이후에도 여러 곳에서 전투가 이어졌지만 당은 이듬해 신성의 도호부를 다시 요동으로 옮기지 않을 수 없었다. 일부의 중·일 학자들은, 토번(티베트)의 발호로 인해 서북지역이 다급해지자 당나라의 동북지역 경영 능력이 약화되어 한반도를 방기하게 되었다는 주장을 펴기도 한다. 당나라가 티베트 쪽 일이 급하여 신라를 내버려두게 되었다는 이야기다. 누가 어떤 평가를 하든 당시의 신라인들은 피 흘려 죽기로 싸워 자신들의 자주권을 지켜내었다.

원술랑이 매소성 전투에서 큰 공을 세우고 상까지 받았지만, 이미 고인이 된 아버지 김유신은 물론 어머니 지소부인의 마음은 열리지 않았다. 그 시대를 이끈 지도자의 아내로 살았던 지소부인은 단 한 번 죽을 때를 놓친 아들에게 마음의 문을 다시 열지 않았다. 그녀 역시 어머니로서 닫힌 문 안쪽의 마음은 찢어졌으리라. 전쟁은 숱한 가정의 숱한 가족들의 마음을 찢어발겼다. 이 영웅의 가족도 신라형 리더가 취했던 한 방법으로 그런 비극의 한 자락을 나누었다.

3
전장에서 산화한 화랑의 충혼

합천 대야성

경상남도 합천군 합천읍 황강 변의 나직한 산봉우리에 토성이 있다. 대야성(大耶城)이다. 이 일대는 삼한시대에 다라·초팔혜·산반계 등의 부족국가가 형성되었던 변한의 땅으로 후에 대가야에 흡수되었다. 진흥왕 재위 23년(562), 장군 이사부(異斯夫)가 대가야를 평정하여 신라에 복속시키고 대량주로 이름을 바꾸었다. 서쪽 백제와 맞닿아 있는 군사 요충지여서 진흥왕은 이곳을 요새로 삼고 도독을 두어 다스리게 했다. 이 성의 성벽은 산비탈을 깎아내려 가파르게 만든 삭도법이라는 기법으로 다듬은 것이라고 한다.

삼국시대에 성 중심으로 벌어졌던 수많은 전투가 그러했듯이 이 대야성에서 벌어진 전투에서도 수많은 목숨이 스러졌다. 특히 김춘추로 하여금 기어이 백제를 쳐서 무너뜨려야겠다는 결심을 굳히게 한 것이 642년의 대야성 전투인데, 그 역사의 현장인 이곳에서 인간관계 특히 지도자와 그 구성원들의 관계에 대한 몇 가지 생각을 떠올리지 않을 수 없다.

대야성지에 세워진 죽죽의 비각

　　누구나 살아가면서 그 시대 그 지역을 이끄는 지도자를 만나기 마
련이다. 그 지도자의 자질에 따라 구성원들의 삶의 때깔이 달라진다.
한 사회의 지도자는 스스로 자신의 삶을 결정하는 동시에 그 사회에
소속된 많은 사람들의 삶의 질을 좌우한다. 그래서 지도자가 중요한
것이다. 대야성은 지도자가 자신에게 주어진 힘을 함부로 휘둘러서
는 안 된다는 교훈을 던져주고 있다. 그리고 어떤 상황에서도 자신의
할 바를 하는 화랑정신을 이곳에서도 확인할 수 있다.

　　선덕여왕 11년(642), 백제의 장군 윤충(允忠)이 대군을 이끌고 와

죽죽의 충혼을 기리는 비석

서 이 대야성을 포위했다. 당시 대야성의 도독은 김품석(金品釋)으로
바로 김춘추의 사위다. 품석의 부인 고타소는 김춘추가 매우 아끼던
딸로 《화랑세기》는 "춘추공의 정궁부인 보라궁주는 보종공의 딸이었

다. 아름다웠으며 공과 몹시 잘 어울렸는데, 딸 고타소를 낳아 공이 몹시 사랑했다."고 적고 있다. 김품석이 대야성의 도독으로 부임하게 된 것도 김춘추의 배려였다. 김춘추가 믿고 사위로 삼고, 넓은 대야주까지 맡긴 김품석이 문제였다.

도독 김품석이 휘하 한 막객(幕客)의 아내를 탐했던 일이 있었다. 그것이 후일 화를 키웠다. 물론 품석은 자신의 사사로운 욕망을 채우기 위해 아랫사람에게 행사한 부당한 힘이 위급한 상황에 칼날이 되어 자신에게 되돌아오게 되리라는 생각을 못했을 것이다. 게다가 그는 지휘관으로서도 통찰력이 부족했다. 그가 내린 잘못된 판단은 자신과 가족 그리고 휘하 장졸들의 치욕적인 죽음을 재촉했다. 642년에 일어난 대야성 전투에 얽힌 이야기다.

한편, 당시 도독의 당하에서 보좌하던 사지(舍知) 벼슬의 죽죽이 있었다. 사지는 17관등 중 열세 번째에 해당한다. 그는 이 전투에서 사지 용석과 함께 끝까지 싸우다 장렬히 전사한다.《삼국사기》열전이 기록하고 있는 당시의 상황은 이렇다.

　　죽죽은 대야주 사람이다. 부친 학열(郝熱)은 찬간(撰干)으로 있었는데, 선덕왕 때에 사지가 되어 대야성 도독 김품석의 당하에서 보좌하였다. 동왕 11년(642) 8월에 백제의 장군 윤충이 군사를 거느리고 와서 그 성을 공격하였다. 이에 앞서 도독 품석이 막객인 사지 검일(黔日)의 아내가 아름다운 것을 보고 빼앗은 일이 있었다. 검일이 이에 원한을 품고 있다가, 내응하여 창고에 불을 지르니 성중이 흉흉하고 두려워하여 능히 지켜내지 못할 것 같았다. 품석의 보좌관인 아찬 서천이 성에 올라가 윤충에게 이르기를 장군이 나를 죽

대야성 터에 복원된 연호사. 연호사는 김춘추의 딸 고타소랑과 함께 전몰한 2,000여 명의 장병들의 넋을 기리기 위해 창건된 절이다.

이지 않는다면 성을 들어 항복하기를 청한다고 하니, 윤충이 "만일 그렇게 한다면 공과 더불어 같이 기뻐할 것을 저 밝은 해를 두고 맹세하겠다."고 하였다. 서천이 품석과 여러 장사들을 권하여 성밖으로 나가려 하였는데, 죽죽이 만류하며 말하기를 "윤충의 말이 달콤한 것은 우리를 꾀려 함일 것이다. 만일 성에서 나간다면 반드시 백제군에게 사로잡힐 것이니 굴복해서 살기를 구하는 것은 호랑이처럼 싸우다가 죽는 것만 못하다."고 하였다.

그러나 품석이 듣지 않고 성문을 여니 군사들이 먼저 나갔다. 백제 측에서는 복병을 일으켜 모두 다 죽였다. 품석도 장차 나가려고 하다가 장병들이 죽었다는 말을 듣고 먼저 처자를 죽이고 목을 찔러 자살하였다. 죽죽이 남은 군사들을 수습하여 성문을 닫고 앞장서서 막았는데 사지 용석이 죽죽에게 이르기를 "지금 전세가 이렇게 되었으니 반드시 보전할 수 없을 것이다. 살아서 항복하였다가 후일을 도모함만 같지 못하다."고 하였다. 죽죽이 대답하기를, "그대 말이 당연하나, 우리 아버지가 나를 죽죽이라고 이름지어 준 것은 나로 하여금 추운 날에도 퇴색하지 않고, 꺾어도 굽히지 않게 함이다. 어찌 죽음을 겁내어 살아서 항복할 것이랴." 하고 힘써 싸우다가 성이 함락하게 되자 용석과 함께 죽었다. 왕이 듣고 슬퍼하여 죽죽에게 급찬을 용석에게 대나마를 추증하고, 그 처자에게도 상을 주어 서울로 옮겨 살게 하였다.

대야성 전투로 다같이 목숨을 잃게 된 품석과 죽죽이지만 그 죽음의 의미가 뚜렷한 명암으로 대비되어 나타난다. 죽죽의 미담에는 언제든 대야성 도독 김품석의 이야기가 따라다닐 수밖에 없다. 《삼국사기》 백제본기에는 김품석이 항복하자 윤충이 품석을 처와 함께 죽여그 머리를 사비성으로 보내었고, 진덕여왕 2년(648)에 김유신이 대야성 설욕전에서 얻은 백제 포로 8명과 교환되어 그와 그의 처자의 유골이 함께 신라에 옮겨져 안장되었다고 기록하고 있다.

어느 쪽이든 김품석의 불명예는 가려지기 어렵다. 선덕여왕이 죽죽에게 내린 급찬 벼슬은 아홉 번째 관등이고, 용석에게 내린 대나마는 열 번째 관등이었다. 이에 비해 대야성 도독 김품석은 17관등 중 두번째인 이찬(伊飡)이었으니 두 사람에게는 비할 바 없이 높다. 그런 그가 막강한 권력을 부당하게 행사하여 하급자의 신망이 아니라 원망을 샀고 그것이 위기를 재촉했다. 게다가 적에게 목숨을 구걸하려 한 시도가 수포로 돌아가 장렬하게 죽을 기회마저 놓친 일은 남의 비웃음을 피하기 어렵게 되었다. 그가 이룬 긍정적인 면이 있기는 있다. 후대의 지도자들에게 교훈을 남긴 것이다.

조선 인조 22년(1644), 옛 격전지에 죽죽의 얼을 깊이 심고자 '신라충신죽죽지비(新羅忠臣竹竹之碑)'라고 새긴 비석을 세웠다. 이 비는 함벽루(涵壁樓)로 가는 길목에 서 있다.

영동 조천성

조천성(助川城)은 충청북도 영동군 학산면에 있는 둘레 약 657m 의 대왕산성(大王山城)일 것으로 추정되고 있다. 대왕산성은 대양산 성이라고도 한다. 대왕산성은 학평부락 북방으로 약 1㎞의 거리에 있 는 387m 높이의 대왕산 산정을 감고 있는 석축산성이었는데, 지금 은 완전히 무너져 옛 모습을 찾기가 어렵다.

삼국시대 당시 한반도 곳곳에서 그랬듯이 이곳에서도 많은 젊은이 들이 서로의 창칼 아래 목숨을 잃었다. 죽고 죽인 그들이 지금은 모 두 한 줌의 흙으로 어딘가에 묻혔거나 바람에 흩날려 어디론가 날려 갔겠지만, 역사는 그들이 흘린 피로 그 도도한 흐름을 이어갔다. 지 금의 우리는 어디로 흘러가고 있으며, 그들의 삶과 죽음은 오늘의 우 리들에게 어떤 의미를 던지고 있는 것일까? 이 성에서 벌어진 전투 에서 목숨을 초개같이 여기며 분전했던 한 신라인 김흠운을 떠올리 며, 역사를 여기에까지 다다르게 한 '보이지 않는 힘'에 대해 생각해 본다.

무열왕 재위 2년(655)은 의자왕이 즉위한 지 15년이 되는 해였다. 그 해 8월, 백제군은 고구려·말갈 연합군과 전격적인 군사작전을 단행하여 신라 북부의 국경 33개 성을 취하였다. 이에 앞선 2월, 당 고종이 정명진과 소정방에 명하여 요하를 건너 고구려를 공격토록 하여 약 1천 명의 고구려 군사를 전사시킨 일이 있었다. 고구려로서는 이에 대한 보복의 성격이 다분한 공세였다.

즉위한 바로 다음 해에 백제가 고구려와 함께 변경을 침범하자 무열왕 김춘추는 군사를 일으키고, 자신의 사위 김흠운을 낭당대감(郎幢大監)으로 삼았다. 《삼국사기》는 낭당대감 김흠운의 이야기를 다음과 같이 전하고 있다.

김흠운은 내밀왕의 8대손이요, 아버지는 잡찬(迊湌) 달복(達福)이다. 흠운이 소년 시절에 화랑 문노(文努) 아래에 있을 때에 낭도들이 "아무개는 전사하여 지금까지 이름을 남기고 있다."는 이야기를 하니 흠운이 감개 깊은 기색으로 눈물을 흘리면서 이에 격동되어 자기도 그를 흠모하게 되었다. 같은 문하에 있던 승려 전밀(轉密)이 말하기를 "이 사람이 만일 전장에 나가면 반드시 돌아오지 않을 것이다."고 하였다.

영휘 6년(655)에 태종대왕이 백제와 고구려가 변경을 침공하므로 이를 치기로 계획하였는데, 군사를 동원하게 되자 흠운으로 낭당대감을 삼았다. 이에 흠운이 행군할 때에 바람과 비를 무릅쓰고 군사들과 함께 고락을 같이 하였다. 백제 지역에 도달하여 양산 밑에 진을 치고 조천성을 진공할 때, 백제의 군사가 밤을 이용하여 급

조천성 터로 전해지고 있는 영동의 학산중학교 뒷산

격히 달려 와서 먼동이 틀 무렵에 성루에 올라 들어오니 우리 군사가 놀라서 진정하지 못하였다. 백제군이 이 어지러운 틈을 타서 급히 치니, 화살이 마치 빗발처럼 쏟아졌다. 흠운이 말을 비껴 타고 창을 잡고 이를 막았다. 대사(大舍) 전지(詮知)가 권고하여 말하기를 "지금 백제군이 밤중에 들어와 지척에서도 서로 알아볼 수 없으니 당신이 비록 죽더라도 남들이 알지 못할 것이다. 더군다나 당신은 신라의 진골이며 대왕의 사위이므로 만일 백제군의 손에 죽는다면 백제의 자랑거리가 되고 우리의 대단한 수치가 될 것이다." 하니 흠운이 말하기를 "대장부가 이미 몸을 나라에 바친 이상 남이야 알거나 모르거나 마찬가지니 어찌 구태여 명예를 바라겠느냐?" 하고 굳게 서서 움직이지 않았다. 종자가 말고삐를 잡고 돌아가기를 권하니 흠운이 칼을 뽑아 휘두르며 백제군과 싸우다 용감하게 전사하

김흠운 장군의 무덤으로 알려진 영동 가곡리 고분. 말 무덤으로 불리기도 한다.

였다. 이때에 대감 예파(穢破)와 소감 적득(狄得)도 함께 싸우다가 전사하였다. 보기당주 보용나(寶用那)가 흠운이 죽었다는 말을 듣고 "그의 가문이 귀족이며 세도가 등등하여 남들이 그를 사랑하고 아끼는 처지에 있음에도 오히려 절개를 지키어 죽었는데, 더군다나 나는 살아도 이익될 것 없고 죽어도 손실될 것 없다." 하고 드디어 전장으로 달려가서 용감하게 싸우다가 전사하였다. 대왕이 이 말을

들고 몹시 슬퍼하여 흠운과 예파에게 일길찬 위품을 주고 보용나와
적득에게 대나마 위품을 주었다. 당시 사람들이 이 소문 듣고 양산
가를 지어 그들을 애도하였다.

임금의 사위였던 김흠운이 임무를 부여받자 '집안에 들어가 잠을
자는 일이 없고, 비바람을 맞으며 군사들과 고락을 같이하였다'고 한
다. 부하들이 그런 그와 목숨을 같이하겠다는 각오가 없을 수가 없었
을 것이다. 대감 예파, 소감 적득, 보기당주 보용나 외의 다른 장졸들
도 자신의 의지로 아낌없이 몸을 던진 것이 그것을 말해준다.

똑같은 김춘추의 사위였고, 똑같이 백제군에 의해 죽음을 맞았으나
김품석과 김흠운은 그 죽음의 모양새가 너무나 다르다. 김흠운은 "당
신이 비록 죽더라도 남들이 알지 못할 것이다."는 만류에, "대장부가
이미 몸을 나라에 바친 이상 남이야 알거나 모르거나 마찬가지니 어
찌 구태여 명예를 바라겠느냐?"고 대답했다.

'남이 알아주기를 바라는 것'은 대부분의 인간들이 떨쳐버리기 어
려운 유혹이다. 공자가 남이 알아주느냐의 여부에 마음을 뺏기지 말
것을 강조한 것도 그것이 그만큼 어렵기 때문이다. 몸을 이미 나라에
바쳤으니 '남이 알아주기'에 연연하지 않는다는 김흠운의 선언은 그
의 기상을 고스란히 보여주고 있다. 그의 죽음은 결국에는 죽기 마련
인 우리 인간들의 삶의 의미에 대해 다시 한 번 생각하게 만든다.

《삼국사기》 열전에는 조천성에 얽힌 취도의 이야기도 전하고 있다.

취도는 일찍이 승려가 되어 이름을 도옥(道玉)이라 부르며 실제
사(實際寺)에 살았다. 태종무열왕 때 백제가 군사를 이끌고 조천성
으로 침입하므로 왕이 군사를 거느리고 나가 싸웠으나 승부를 결단
하지 못하였다. 이때 도옥은 깊은 생각 끝에 군인이 되어 나라를 위
해 싸우겠다는 뜻을 가지게 되었다. 그는 법의를 벗어버린 다음 군
복으로 갈아입고 이름을 고쳐 취도(驟徒)라 하였는데, 이는 빨리 달
리는 무리라는 뜻이다. 그는 조천성에서 백제군과의 전쟁에 나서게
되었다. 싸움이 벌어져 깃발이 휘날리고 북소리가 서로 엉켜질 때
취도는 창을 높이 들고 적진으로 돌격하여 용감히 싸우다가 전사하
였다.

전쟁은 끔찍한 일이다. 그럼에도 인류 역사상 수많은 전쟁이 지구
곳곳에서 일어났고 지금도 여전히 일어나고 있다. 피할 수 없는 전쟁
에서 쌍방이 똑같은 힘으로 충돌하더라도, 어느 쪽이 어떤 정신을 공
유하고 있었나 하는 것은 승부의 여신이 최후의 승자를 결정하는 주
요 요소가 된다.

신라는 화랑정신으로 그 승리의 실마리를 만들었다. 그 정신이 그
시대를 이끌었고, 그 선봉에 김흠운과 같은 화랑이 있었다.

논산 황산벌

황산벌(黃山伐)은 충청남도 논산시 연산면 일대의 넓은 평야지대이다. 연산면 관동리와 표정리 사이에 북산성 또는 황산성으로 부르는 성터가 있는데, 이 산성은 백제 수도 사비성의 중요한 방어선이고 요충지였다. 여기에서 남쪽으로 내려다보면 연산면 일대와 황산벌이 펼쳐지는 것을 볼 수 있는데, 지금은 여기저기 인가가 들어서 있어 1,400년에 가까운 세월이 흐르기 전의 이곳 광경을 떠올리기가 쉽지 않다.

운명의 해 660년, 충천한 사기로 사비성을 향해 진군하는 신라의 5만 정예 병사들과 이미 죽음을 각오하고 이들을 막아선 백제의 5천 결사대가 이곳 황산벌에서 맞붙었다. 양측에 선 젊은 병사들이 모두 우리의 조상임을 생각하면 착잡하기 그지없는 일이지만 역사의 수레바퀴는 그렇게 굴렀다.

병사의 수는 5천 대 5만이었지만 전투는 일방적이지 않았다. 5천의 결사대는 5만 대군의 공세를 네 차례나 막아내었다. 가족을 미리

황산성에서 개태사가 있는 자리로 펼쳐진 들판. 신라와 백제의 최대 격전지였던 황산벌이다.

죽이면서까지 배수의 진을 친 계백과 그의 결사대는 역시 만만치 않았다. 싸움은 비장하고 치열했다. 병사의 수만으로 승리를 장담할 수 없는 형세가 되어버렸다. 신라는 이 철벽을 깰 무기가 필요했고, 그들이 내세운 것은 신라군의 마음을 움직일 '희생'이었다. 어릴 적부터 화랑정신으로 훈련한 그들이었기에 뽑아들 수 있는 카드였다.

신라군이 첫 번째로 내세운 희생은 김유신의 조카요 사위인 반굴이었다. 《삼국사기》 신라본기 태종무열왕조에는 이때의 일을 이렇게 기록하고 있다.

태종무열왕 7년, 7월 9일 유신 등이 황산벌로 진군하였다. 백제 장군 계백은 병사를 이끌고 험지를 선점하여 세 개의 군영을 설치하여 기다리고 있었다. 유신 등이 군을 세 갈래로 나누어 네 번이나 싸웠으나 전세가 불리하여 사졸들은 힘이 다하게 되었다. 이때 장군 흠순이 그 아들 반굴에게 이르기를 "남의 신하가 되어서는 충성을 다하여야 하고, 남의 아들이 되어서는 효도를 다하여야 한다. 위급한 일을 보고 목숨을 내놓는 것은 충성과 효도를 다하는 일이다." 고 하매, 반굴은 "삼가 명을 듣겠습니다."하고 적진으로 뛰어들어가 힘써 싸우다가 죽었다.

유신의 아우 흠춘 즉 흠순은 《화랑세기》에서 매우 가정적인 면모를 보여주고 있지만, 그 역시 제19세 풍월주를 지낸 화랑이었다. 권력이나 재물에 집착하지 않았던 인품의 소유자였던 그는 공무를 수행하는 데에는 추호의 망설임이 없었다. 아버지 흠춘공의 요구를 들은 반굴은 당당한 모습으로 말에 올라 단신으로 백제 진영 깊숙이 달려가서 용감히 싸우다 전사하였다.

하지만 반굴의 희생이 당장 반전의 기회를 만들어내지는 못하였다. 다시 좌장군 품일이 아들 관창(官昌)을 불렀다. 다음은《삼국사기》가 기록하고 있는 관창의 이야기다.

관창은 신라의 장군 품일의 아들로서 충의와 용기가 있어서 어린 나이에 화랑이 되었는데 사람들과 잘 사귀었다. 나이 16세에 말을 타고 활쏘기를 잘하여 어느 대감이 그를 태종 무열대왕에게 천거하였다. 태종 무열대왕 7년(660)에 이르러 왕은 군사를 일으켜 당나라 장군과 함께 백제와 싸울 때 왕은 관창으로 부장을 삼았다. 신라군이 여산 들에 이르자 양편 군사는 서로 대치하게 되었다. 그 부친 품일은 아들을 불러 말하기를 "너는 비록 나이 어리나 지기(志氣)가 있으므로 오늘이야말로 공명을 세우고 부귀를 취할 때이다. 어찌 용맹을 내지 않겠느냐?" 하니 관창은 "잘 알았습니다." 하고는 말에 올라 창을 비껴들고 곧장 쳐들어가서 용감하게 싸웠다. 그러나 상대편 무리가 많고 이쪽은 적으므로 그들에게 사로잡혀 그대로 백제의 원수 계백 앞으로 가게 되었다. 계백은 그의 갑옷을 벗기게 하고는 그가 소년이고 또한 용맹스러운 것을 사랑하여 차마 그에게 해를 가하지 못하고 도리어 감탄하기를 "신라에는 기이한 용사들도 많다. 소년도 오히려 이와 같거늘 장사들이야 더 말해 무엇하겠는가?" 하고 곧 그를 살려 보냈다. 관창은 돌아와서 말하기를 "내가 백제군 속으로 뛰어들어가 능히 그 장수를 죽이고 깃발을 빼앗아오지 못한 것을 깊이 한탄한다. 다시 들어가서는 반드시 성공하리라." 하고 손으로 우물물을 움켜 마시고는 다시 뛰어들어 역전고투하였다. 계백은 또 그를 사로잡아 목을 잘라 말안장에 달아매어 돌려보냈다. 이때 품일은 그 아들 관창의 머리를 들고 피를 씻으며 말하기를 "내 아들의 면목은 산 것과 같다. 능히 국사를 위하여 죽었으니 후회할 것은 없다." 하였다. 이것을 본 3군은 크게 강개하여 모두 결사의 뜻을 세우고, 북을 울리고 함성을 지르며 진격하여 백제군을 대파하였다. 대왕이 급찬의 직위를 추증하고 예로써 장사를 지내게 하고, 그 집에 당견 34필과 이십승포 34필 및 양곡 1백 석을 부의로 보냈다.

곧바로 목숨을 잃게 될 것이 불을 보듯 뻔한데도 흠순과 품일은 그들의 자식을 사지로 몰아넣었다. 잔인한 일이 아닐 수 없다. 그러나 그들의 '자식 희생'은 그들로서도 어찌할 수 없었던 역사의 굴레 속에서 내린 신라 지도자로서의 선택이었다.

국가 존망의 기로에 선 백제 결사대가 비장한 각오로 신라의 대군에 맞서 수차례의 공격을 막아내며 버텼으나, 화랑의 정신력을 발동한 신라군 앞에 중과부적의 열세를 드러내지 않을 수가 없었다. 드디어는 계백이 전사하고, 좌평 충상·상영 외 20여 명의 장수가 신라의 포로가 되었다.

신라로서도 힘겨운 싸움이었다. 백제 결사대의 거센 저항 탓에 당군과 합세하기로 한 날짜를 지키지 못하였다. 당나라의 총지휘관 소정방이 트집을 잡았다. 신라군이 기일을 어겨 도착했다는 이유로 신라독군(新羅督軍)인 김문영(金文穎)을 참하려 했다. 이때 김유신이 나섰다. 김유신은 노기충천하여 칼자루에 손을 대며 "대장군이 황산벌의 싸움을 보지 못하고 다만 기일을 어긴 것으로 죄를 주려 하니, 기필코 먼저 당군과 결전한 뒤에 백제를 격파하겠다."고 소리쳤다. 노기등등한 그 기세에 소정방이 물러서지 않을 수 없었다.

황산벌을 거쳐 백제의 심장부로 진격한 신라군이 화랑정신으로 무장한 선봉의 리더십이 없었더라면, 백제의 계백에게 가로막혔거나 당의 소정방에게 희롱의 대상이 되었을지도 모를 일이다. 화랑의 수련을 거친 지도자들이 고르게 리더십을 갖추었다는 점에서 신라는 그 어떤 나라보다도 강력했다.

파주 칠중성

2002년 1월 29일 사적 제437호로 지정된 칠중성은 경기도 파주군 적성면 지역에 있는 삼국시대의 성이다. 성의 둘레가 약 590~680m 규모인 이 석축산성은 서울로 통하는 교통의 요지에 자리한 탓에 삼국시대부터 많은 전투가 있었다. 삼국시대에는 임진강을 칠중하라 불렀는데 칠중성은 현의 치소였다. 칠중성은 신라 선덕여왕 때부터 북계의 요지로서 신라도 고구려도 양보할 수 없는 요충지였다.

선덕여왕 7년(638)에 고구려군이 쳐들어와 주민들이 산 속으로 피하였고 왕은 알천(閼川)을 보내 칠중성 밖에서 싸워 물리쳤다. 태종무열왕 7년(660)에도 고구려 군사가 쳐들어와 칠중성을 포위하였다. 이때 신라의 화랑정신을 드높인 신라인 필부(匹夫)가 있었다. 《삼국사기》 열전에는 필부의 활약상을 다음과 같이 기록하고 있다.

필부는 사량부 사람으로 아찬 존대의 아들이었다. 백제 · 고구려 · 말갈이 서로 친밀하여 함께 침략을 꾀하므로 태종대왕이 능히 방어

212

할 충성스럽고 용감한 인재를 구하여 필부로 칠중성의 현령으로 삼았다. 그런데 이듬해(660) 7월에 왕이 당군과 더불어 백제를 멸하니 이에 고구려가 우리를 미워하여 10월에 군사를 일으켜 칠중성을 포위하였다. 필부가 성을 지키면서 싸우기를 20여일이나 하니 고구려는 우리 군사들이 정성을 다하여 싸우며 뒤를 돌아보지 않는 것을 보고는 성을 급히 함락시킬 수 없다하여 돌아가려고 하였다.

그런데 역신 대나마 비삽(比歃)이 비밀히 사람을 보내어 고구려에 고하기를 "성 안에 양식이 떨어지고 힘이 다하여 곤궁하니 지금 공격하면 반드시 항복할 것이다."하니, 고구려군은 다시 쳐들어 왔다. 필부가 그것을 알고 칼을 빼어 비삽의 머리를 베어 성밖으로 던지고 군사들에게 말하기를 "충신 의사는 죽어도 굴하지 않는 것이니 힘써 노력하라. 성의 존망이 이번 한 싸움에 있다."하고, 주먹을 휘두르며 한

파주 칠중성의 무너진 성벽.

번 외치니 병자까지도 모두 일어나 앞을 다투어 성 위에 기어올라 싸
웠다. 그러나 사기가 지치고 사상자가 반이 넘었는데다 고구려군은
바람을 이용하여 불을 놓아 성을 공격해 들어왔다. 필부가 상간 본
숙, 모지, 미제 등과 함께 고구려군을 향하여 마주 쏘니 화살이 빗발
같이 날아 들어와 온 몸에 맞아 구멍이 뚫리고 피가 발꿈치까지 흘러
내려 죽었다. 대왕이 이 말을 듣고 매우 슬퍼 통곡하며 급찬 벼슬을
추증하였다.

위의《삼국사기》기록을 보면서 문득 이런 생각을 하지 않을 수가
없다. 칠중성 공략을 포기하고 가는 고구려군을 돌려세운 대나마 비
삽은 도대체 어떤 인물이었을까? 그는 왜 그런 짓을 했을까? 결국 필
부의 칼에 목을 베이고 마는데, 그런 위험을 무릅쓰고 대나마의 위치
에 있었던 그가 고구려군과 내통해서 기대할 수 있었던 것은 무엇이
었을까? 그가 대나마의 벼슬을 한 것을 보면 신라인이라고 하겠는데
신라인이라고 하여 모두 한결같을 수는 없겠지만 참으로 알 수 없는
일이다.

나당연합군이 고구려를 칠 때 신라군은 이 칠중성을 쳐서 진격로를
개척하였다. 또 문무왕 15년(675) 나당전쟁이 한창일 때 이 성은 잠
시 적의 수중에 넘어갔으나 곧 도로 찾았다. 그 해에 당나라는 거란
과 말갈의 세력까지 규합하여 이 성을 공격하였으나 신라군은 포기
않는 끈질긴 응전으로 이를 물리쳤다. 삼국통일로 가는 중요한 고비
고비마다 화랑정신으로 무장한 신라의 필부들이 조국을 위해 산화했
다. 그것이 그때 발휘된 신라의 힘이었다.

익산 보덕성

보덕성은 전북 익산군 금마면 서고도리에 위치한 백제의 산성으로 사적 제92호이다. 성의 둘레가 약 690m 규모인 보덕성은 현재 '익산 토성'으로 불리기도 한다. 이 성에는 위의 두 형 취도(驟徒)와 부과(夫果)에 이어 장렬히 산화한 핍실(逼實)의 충의정신이 서려 있다. 중형 취도는 조천성(助川城) 전투에서 맏형인 부과는 웅진성 남쪽에서 막내인 핍실은 이 보덕성에서 전사하였다.

《삼국사기》 열전에는 이 삼형제에 관하여 다음과 같이 기록하고 있다.

취도는 사량 사람으로 나마(奈麻) 취복(聚福)의 아들이다. 기록에 그의 성이 전하지 않는다. 형제가 셋이었는데 맏이는 부과, 가운데가 취도, 막내는 핍실이었다. 취도는 일찍이 출가하여 도옥(道玉)이라는 이름으로 실제사(實際寺)에 머물고 있었다. 태종대왕 때 백제가 조천성에 쳐들어오자 대왕이 군사를 일으켜 출전하였으나 결판이 나지 않았다. 이에 도옥은 그 무리에게 말하였다.

"내가 들으니 승려가 된 자로서 상등은 도를 닦는 학업에 정진하여 본성을 회복하는 것이고, 그 다음은 도를 실천하여 남을 이롭게 하는데, 나는 모습만 승려일 뿐이고 취할 만한 한 가지 착한 일도 없으니 차라리 종군하여 죽음으로써 나라에 보답함이 낫겠다!" 하고 승복을 벗어 던져 군복을 입고, 이름을 취도로 고쳤다. 생각컨대 이는 달려가서 보병이 되었다는 뜻인 듯하다. 이에 병부에 나아가 삼천당(三千幢)에 속하기를 청하여 드디어 군대를 따라 전선에 나갔다. 깃발과 북소리의 진격 명령에 따라 창과 긴 칼을 가지고 돌진하여 힘껏 싸워 적 몇 사람을 죽이고 죽었다.

N

① 토성
② 남문지

보덕성의 도면

그 후 671년(문무왕 11)에 대왕이 군사를 출동하여 백제 변방의
벼를 짓밟고 드디어 웅진의 남쪽에서 백제 사람과 싸웠는데 그때
취도의 형 부과가 당주로서 전사하니 논공서열이 제일 높았고, 684
년(신문왕 4)에 고구려의 남은 적이 보덕성에서 반란을 일으키자
신문대왕이 장수에 명하여 이를 치도록 하였는데 취도의 동생 핍실
을 귀당(貴幢)의 제감(弟監)으로 삼았다. 핍실이 출전에 임하여 자
기 아내에게 말하였다. "나의 두 형이 이미 나라 일에 죽어 이름을
길이 남겼는데, 나는 비록 어질지 못하나 어찌 죽음을 두려워하여
구차히 살겠소? 오늘이 그대와 살아서 헤어짐이요 결국 사별일 것
이니 상심하지 말고 잘 있으시오." 적진에 맞서자 홀로 앞에 나가

용감히 싸워 수십 명의 목을 베고 죽었다.

대왕이 이를 듣고 눈물을 흘리며 탄식하였다. "취도는 죽을 곳을 알았고 또 형과 동생의 마음을 격동시켰다. 부과와 핍실 또한 의리에 용감하여 자신을 돌보지 않았으니 장하지 않은가?" 세 형제 모두에게 사찬(沙湌)의 관등을 추증하였다.

오랜 통일전쟁을 치른 7세기 한반도에서는 수많은 젊은 목숨이 전장에서 스러졌다. 화랑정신으로 무장한 신라의 많은 젊은이들은 조국을 위해 기꺼이 자신의 삶을 불살랐다. 그런 시기의 신라인이라 할지라도 핍실과 그의 두 형처럼 필사의 각오로 자신의 온몸을 내던지기란 쉽지 않은 일이었을 것이다. 그런데 그들은 그렇게 했다.

지구촌을 운위하는 이 시대를 사는 우리들이 핍실 형제를 통해 생각할 수 있는 것은 무엇일까? 오늘날의 누구든 자신의 신념에 따라 살고자 하겠지만, 과연 우리에게 목숨을 걸고라도 수행할 만한 '의로운 신념'에 대한 생각이나마 있기나 한 것일까? 자신의 생명을 초개같이 여기며 전사한 핍실보다 우리는 더 가치있는 무엇을 위해 삶을 살고 있는 것인가?

생명의 소중함에 대한 인식은 훨씬 더 진전된 것이 분명해 보인다. 그러나 그 소중한 생명으로 지킬 소중한 '삶의 의미'에 대한 고민은 줄어든 느낌이다. 왜 사는가? 보덕성에서 잠든 핍실은 우리에게 이런 근원적인 질문을 던지고 있다.

화성 당항성

결국 인화의 중요성을 강조하는 것으로 귀결되는 내용이긴 하지만, 《맹자》에는 "하늘이 만들어준 적당한 때보다도 지리적인 이점이 낫다."고 하였다. 병법에도 나오는 이야기다. 삼국이 치열하게 다투던 시기, 당항성은 지리적으로 매우 중요했던 곳으로 만약 신라가 이곳을 계속 지킬 수 없었더라면 역사의 물줄기는 또 어디로 어떻게 흘러갔을지 알 수 없는 일이다.

당항성은 경기도 화성시 서신면 상안리에 위치한 산성으로 현재 사적 제217호로 지정되어 있다. 당항성은 남양반도의 서신·송산·마도 3개 면의 경계선이 만나는 중심 가까이에 자리한 구봉산에 쌓은 성으로, 전체의 둘레는 약 1km 정도이고 성벽 높이는 약 2.5m의 산성이다.

백제 무왕 28년(627), 무왕은 장군 사걸을 시켜 신라 서쪽의 두 성을 공략하고 남녀 3백여 명을 사로잡는 뒤 군사를 웅진(공주)에 주둔시켜 신라에 계속 타격을 가하고자 했다. 위기를 느낀 신라 진평왕은

복원된 당항성의 성벽과 원경

급히 당나라로 사신을 보냈다. 물론 사신은 이 당항성을 통해서 당나라로 갔다. 무왕은 당의 만류에 부담을 느껴 공격을 중단하고 만다. 수(隋)가 망하고 당(唐)이 들어선 후 친당책을 써서 그의 재위 25년(624)에는 당 고조로부터 대방군왕백제왕(帶方群王百濟王)이라는 칭호를 받기도 했던 무왕은 당의 중재를 받아들이면서도 신라와 당의 교류에 속이 쓰렸을 것이다.

원래 백제의 영역이었던 이곳이 한때 고구려의 당성군이 되기도 했으나 6세기 이후 신라의 영역이 되고서는 당나라와 교통하는 중요 항구의 역할을 담당했다. 당에 의지하고자 했던 백제나 신라의 태도가 지금의 우리 눈에 짜증나는 일로 비칠 수도 있다. 하지만 갈등 구조 속에서 존망을 고민하던 삼국이 각기 당과 왜와 외교전을 펼친 것을 두고 뭐라고 꼬집어 나무라기도 어렵다. 신라 제35대 경덕왕(재위 742~765)이 한때 '당나라의 은혜'라는 의미의 '당은(唐恩)'으로 군명을 고쳤다가 다시 '당성(唐城)'으로 되돌리기도 했다.

《삼국사기》에 기록된 선덕여왕 11년(642)의 일도 당항성의 중요성을 말해주고 있다. 그 해에는 한반도에 또 한 번 엄청난 격랑이 일었다. 바로 전년에 등극한 백제의 의자왕이 7월에 군사를 크게 일으켜 신라 서쪽을 공략하여 일거에 40여 성을 빼앗는 놀라운 활약을 펼친 것이다. 백제 백성들이 의자왕을 시조 온조왕과 근초고왕의 현신이라고 일컬을 정도로 기대를 부풀게 만든 전과였다. 다음 달 8월에는 고구려와 함께 당항성을 빼앗아 신라와 당나라의 교통로를 끊으려 하였다. 위기를 느낀 선덕여왕은 급히 당 태종에게 구원을 요청했다. 신라 조정이 당항성 사수에 정신을 쏟는 사이에 백제의 장군 윤충이 대야성을 침공했다. 정신을 당항성에 집중했던 신라는 백제의 성동격서 전략에 뒤통수를 맞은 셈이 되었다. 대야성 도독 김품석과 그의 아내 고타소가 목숨을 잃고 죽죽, 용석이 분전하다 장렬하게 전사한 것이 바로 이때의 일이었다. 10월에는 고구려의 연개소문이 영류왕을 죽이고 보장왕을 옹립하는 정변을 일으킨다. 딸과 사위를 죽인 백제에 대한 복수의 일념으로 김춘추가 고구려에 구원병을 요청하러 간 것은 연개소문이 고구려의 실권을 장악한 직후의 일이다.

이듬해인 643년, 백제와 고구려 연합군은 기어이 당항성을 점령하고 만다. 기세 등등한 젊은 의자왕이 당항성을 끝까지 지켜 신라와 당과의 교류를 어렵게 만들었더라면, 백제의 운명은 달라졌을지도 모른다. 그러나 백제는 당의 개입에 당항성을 신라에 넘겨주고 만다.

당항성 사적비. 사적 제217호로 지정되어 있다.

재위 10년을 넘긴 선덕여왕, 그리고 막 등극하여 의욕이 충만한 의자왕과 정변으로 고구려의 정권을 장악한 연개소문이 한반도에서 한치의 양보도 없이 벌이는 죽고살기 게임에 있어, 주위를 둘러싼 당과 왜와의 외교는 국가의 존망이 걸린 일이었다. 당나라로 통하는 요충지인 당항성을 끝까지 지키고자 한 신라가 최후의 승자가 된 것은 결코 우연히 이뤄진 일이 아니다. 그곳의 중요성을 내다봤던 지도자의 통찰력이 있었고, 그곳에 이름 모를 수많은 신라의 젊은이들이 뼈를 묻었기 때문이다.

연천 호로고루

호로고루는 경기도 연천군 적성면 장좌리 작은 언덕 위에 위치한 오래된 보루를 말한다. 그 옆을 끼고 흐르는 임진강은 이 지방에서 호로하(瓠蘆河)라 불렸는데, 이 고루는 삼국시대 말기에 축조된 것으로 보인다.

《삼국사기》문무왕조에는 662년 김유신이 평양성을 포위하고 있던 소정방에게 군량을 가져다주고 돌아온 이야기가 기록되어 있다. 군량 수송의 임무를 간신히 마치고 돌아오는 신라군 중 혹독한 추위와 허기를 견디지 못해 죽어 넘어지는 자가 많았다. 군사들이 호로하에 이르렀을 때에는 추격해 온 고구려군의 습격을 받았다. 자칫 군량미 수송에 나선 모든 신라군이 그곳에 뼈를 묻어야 할지도 모를 위기였다. 이런 절체절명의 순간에도 기한에 지친 신라군을 이끌던 김유신은 노련한 지도력과 지략으로 오히려 고구려군을 대파하고 무사히 강을 건넜다.

문무왕 13년(673) 9월에는 나당전쟁이 확산되고 있었는데, 당병이

복원중인 연천 호로고루

호로고루에서 본 풍경. 임진강이 보인다.

말갈병·거란병 등과 함께 북변을 침범하였다. 이에 9번을 싸워 우리 군사가 모두 승리하여 2천여 명의 목을 베었고, 호로·왕봉 두 강에 빠져 죽은 당나라 군사의 수효는 가히 헤아릴 수 없을 만큼 많았다고 한다.

호로고루를 비롯한 임진강 주변에 있는 성들은 대부분 대당전쟁의 격전지였다. 백제와 고구려의 멸망, 그리고 나라 잃은 그 백성들의 참담한 모습을 이미 확인한 신라의 젊은이들이 당나라 군사에 그들의 영토를 순순히 내어줄 수는 없었을 것이다. 그들은 끝까지 그들이 딛고 섰던 땅을 지켜내었다.

4
유오지에서 느끼는 화랑의 도량

반구대와 천전리 서석

    화랑의 수련 방식은《삼국사기》진흥왕조에서 확인할 수 있다. "청소년들이 도의로써 서로 품성을 연마하고, 노래와 풍악으로써 서로 즐기며, 명산대천을 찾아다니면서 노닐되 아무리 먼 곳이라도 발길이 닿지 않은 곳이 없었다."고 했다.

    《신증동국여지승람》경상도 경주부에 관한 기록에는 "법흥왕 원년(514)에 동남으로 얼굴과 풍채가 단정한 자를 뽑아서 풍월주라 부르며, 착한 선비를 구하여 무리를 만들어 효(孝)·제(悌)·충(忠)·신(信)을 장려하였다. (중략) 그 뒤에 다시 얼굴이 아름다운 남자를 뽑아 단장시켜서 화랑이라 칭하니 많은 무리가 구름처럼 몰려들었다. 혹은 도의로써 서로 품성을 연마하고, 노래와 풍악으로써 서로 즐기며, 명산대천을 찾아다니면서 노닐되 아무리 먼 곳이라도 발길이 닿지 않은 곳이 없었다. 이로 인하여 그 사람의 간사한 것과 올바른 것을 알게 되어 나라에서 훌륭한 인물을 선택하여 등용했다."고 하였다.

    화랑들이 산수를 유오하며 했던 수련활동은 성지순례, 지리적 지식

반구대 암각화. 국보 제285호로 지정되어 있다. 〈이선종 사진〉

의 습득, 국토 사랑, 체력 단련을 통한 호연지기 함양, 단체 행동을 통한 협동심 고취 등의 다목적 활동이었다. 자연히 군사 훈련의 효과도 얻을 수 있었다.

명산대천을 찾아 수련하던 화랑들의 자취가 가장 뚜렷이 남아 있는 곳이 바로 울산광역시 반구대 일원의 유적지이다. 백운산에서 발원한 태화강의 지류인 대곡천은 주위의 깊은 계곡과 기암절벽 사이를

국보 제147호인 울주 천전리 각석

천전리 각석의 부분도

천전리 각석의 명문. 법흥왕과 왕비가 다녀간 흔적과 화랑의 이름, 관직명 등이 새겨
져 있다.

돌아 내려오면서 아름다운 경관을 자아낸다. 이 중 반구대 일대가 절
경의 중심을 이룬다. 반구대는 산의 모양이 거북이 넙죽 엎드린 것
같다고 해서 붙여진 명칭이다. 언양에서 경주행 국도를 따라 올라가
다가 4km 정도 채 못가서 반곡초등학교가 있고, 여기에서 약 2km
들어간 곳에 반구대가 있다. 훌륭한 경관을 찾아 예로부터 시인묵객
들이 와서 즐겼다는 곳이다. 암벽에 반구(盤龜)라는 큰 글자가 새겨
져 있다. 왕경인 금성과 그리 멀지 않으면서 수려한 대자연을 체득할
수 있기에 화랑도의 수련지로는 아주 적합한 곳이다.

　이 반구대로부터 하류로 2km 지점의 암벽에는 지방기념물 제57
호인 대곡리 암각화가 있고, 또 상류로 2km 지점의 암벽에는 국보
제147호인 천전리 각석이 있다. 이 천전리 각석에는 화랑의 자취가

천전리 각석의 인물화

역력하다. 대곡천이 U자형으로 구부러진 한가운데에 있는 거대한 암벽은 높이 2.7m, 폭 9.5m에 이르는데 여기에 수많은 그림과 글자가가 새겨져 있다. 선사시대부터 오랜 세월을 거쳐 수많은 손길에 의해 이루어진 것이 분명한 숱한 그림과 글자는 이곳이 예사 장소가 아니었던 것을 어렵잖게 짐작할 수 있게 한다.

이 서석의 윗부분에는 쪼아서 그린 각종 기하학적 무늬와 동물, 식물, 인물상 등이 있는데 이런 선사시대의 유적은 시베리아를 제외한 극동지방에서는 한국에만 유일하게 남아 있다고 한다. 아랫부분에는 예리한 칼끝으로 긋는 가는 선각의 기법으로 새겨진 글자와 그림이 가득 차 있는데, '서석(書石)'이라는 명칭은 여기에서 발견된 다량의 글자 때문에 붙여진 것이다. 삼국시대와 통일신라시대에 주로 새겨진 것으로 보이는 각종 명문(銘文)과 그림은 이곳이 신라인들에게 있어 매우 중요한 장소였던 것을 여실히 입증하고 있다.

필체나 새기는 방식이 다양한데다 마모된 부분도 있어 판독에 상당한 어려움이 따르기도 하지만 현재 명문 중 800자 이상이 확인되었다고 한다. 판독된 명문 가운데 문헌에서 확인할 수 있는 인명도 상당수 있는데, 그 중 호세(好世)·흠순(欽純)·영랑(永郎) 등 화랑이었던 인물이 다수 등장한다. 호세는 진평왕 때의 화랑 호세랑이 분명한 것으로 보이고, 흠순은 주지하는 바와 같이 김유신의 동생이다. 신라 제32대 효소왕 때의 화랑인 영랑은 술랑(述郎)·남랑(南郎)·안상(安祥)과 더불어 사선으로 꼽혔던 인물로 한반도 곳곳에 그가 유오했던 자취를 남겼다. 천전리 서석에는 '술년 6월 2일 영랑성업(戌年六月二日永郎成業)'이라는 글귀가 있는데, 사선의 한 사람인 바로 그 영랑이 이곳에서 수련하여 할 바를 이루었다고 적은 것으로 봐도 별 무리는 없을 것이다.

서석의 아랫부분에는 기마행렬도와 기마인물도 등의 그림과 여러 개의 인물상 그리고 말의 형상 및 용, 새, 배 등의 그림이 여럿 있다. 그림이 뜻하는 바는 계속 연구가 되어야 하겠지만, 기마행렬도나 기마인물도 등은 명문으로 봐서도 화랑도와 밀접한 관련이 있는 것으로 판단된다.

명문 가운데 원명(原銘) 혹은 을사명(乙巳銘)으로 불리는 부분과 추명(追銘) 또는 기미명(己未銘)으로 불리는 부분은 신라 왕실과 관련된 중요한 내용으로 논의되고 있다. 을사(乙巳)로 시작하는 원명은 법흥왕 12년(525년)에 작성된 것으로 추측되는데, 사탁부 소속의 갈문왕인 사부지가 여동생 어사추여랑을 데리고 계곡에 놀러 와서 이 바위에 글자를 새겨 서석곡이라 이름한다고 했다. 사부지는 법흥왕의 동생이며 진흥왕의 아버지인 입종갈문왕으로 추정되는 인물이다. 추명은 서석의 하단부에 원명과 나란히 새겨져 있는데, 그곳에 적힌 기미년은 사부지 갈문왕 일행이 다녀간 뒤 14년만인 법흥왕 26년(539년)으로 비정된다. 진흥왕의 어머니 지몰시혜비 즉 지소부인(知召夫人)이 남편을 그리워하여 그녀의 아들 심맥부지 즉 진흥왕과 법흥왕의 왕비인 부걸지비 즉 보도부인(保刀夫人)과 함께 왔다는 내용이다.

이 명문으로 볼 때, 서석이 있는 이 골짜기는 매우 깊은 의미를 간직한 화랑들의 성소가 아닐 수 없다. 화랑제도를 정착시킨 진흥왕이 어린 시절 어머니의 손에 이끌려 이곳을 방문했던 사실에서부터 많은 화랑들의 이름에다 삼국통일 이후의 대표적 화랑인 영랑이 이곳에서 수련을 마쳤다는 글귀까지 남아 있다. 화랑이라면 이곳을 거치지 않을 수가 없었을 것이다.

반구대와 천전리 서석이 있는 대곡천 일대는 지리적으로 신라의 도읍과 인접할 뿐 아니라 그 수려한 경관으로 인해 명산을 찾아 수련하는 화랑도에게는 다시없는 이상적인 도량이었다. 화랑, 낭도들이 이 일대를 찾는 것은 자연스런 일이었다. 이들은 그 아름다운 산천에서 자신의 심신을 갈고 닦으며 조국에 대한 무한한 사랑도 키워갔을 것이다.

경주 삼랑사지

경주시 성건동 서천(西川)가의 주택지 가운데 삼랑사터가 있다. 지금은 당간지주만 남아 이곳이 절터였음을 알려주고 있으며 그 외의 유적은 아무 것도 남아 있지 않다.

《삼국사기》에는 이 절이 진평왕 19년(597)에 세워졌다고 기록되어 있다. 《삼국유사》에는 이 절에 경흥법사가 살았다고 기록하고 있다. 매우 덕망이 높고 온후한 성품의 스님이었는데, 문무왕이 그의 맏아들 신문왕에게 유언하기를 "경흥법사는 가히 국사로 삼을 만하니 나의 명을 잊지 말라."고 하였다. 신문왕이 즉위하여 그를 높이어 국로(國老)로 삼고 삼랑사에 머물게 하였다는 기록이다. 경흥이 머문 것은 삼랑사가 지어진 지 70년 만의 일이었다. 《삼국유사》의 기록은 다음과 같다.

신문왕 때의 고승 경흥의 성은 수씨(水氏)로서 웅천주 사람이다.
18세에 중이 되어 삼장에 통달하니 명망이 한 시대에 높았다. 개요

경주 삼랑사지의 당간지주

원년(681), 문무왕이 장차 세상을 떠나려 할 때 신문왕에게 부탁했
다. "경흥법사는 국사가 될 만하니 내 명을 잊지 말라." 신문왕이
즉위하여 국로로 책봉하고 삼랑사에 살게 했는데 갑자기 병이 들어
한 달이나 되었다. 이때 여승 하나가 와서 그에게 문안하고 《화엄
경》 속의 '착한 벗이 병을 고쳐 준다'는 말을 얘기하고 말했다. "지

금 스님의 병은 근심으로 해서 생긴 것이니, 기쁘게 웃으면 나을 것입니다.” 이렇게 말하고 열한 가지 모습을 지어 저마다 각각 우스운 춤을 추게 하니, 그 모습은 뾰족하기도 하고 깎은 듯도 하여 그 변하는 형용을 이루 다 말할 수 없어 모두들 우스워서 턱이 빠질 지경이었다. 이에 법사의 병이 자기도 모르게 씻은 듯이 나았다. 여승은 드디어 문을 나가 삼랑사 남쪽에 있는 남항사(南巷寺)에 들어가서 숨었고, 그가 가졌던 지팡이는 새로 꾸민 불화(佛畫) 십일면원통상(十一面圓通像) 앞에 있었다.

경흥이 어느 날 대궐에 들어가려 하자 시종하는 이들이 동문 밖에서 먼저 채비를 차리니 말과 안장은 매우 화려하고 신과 갓도 제대로 갖추었으므로 길 가던 사람들은 길을 비켰다. 그 때 거사 한 사람이 모습은 몹시 엉성한데 손에는 지팡이를 짚고 등에는 광주리를 지고 와서 하마대 위에서 쉬고 있는데, 광주리 속을 보니 마른 물고기가 있었다.

시종하는 이가 그를 꾸짖었다. “너는 중의 옷을 입고 어찌 깨끗하지 못한 물건을 지고 있느냐.” 중이 말했다. “산 고기를 두 다리 사이에 끼고 있는 것보다 삼시(三市)의 마른 고기를 지고 있는 것이 무엇이 나쁘단 말인가.” 말을 마치자 일어나 가버렸다. 경흥은 문을 나오다가 그 말을 듣고 사람을 시켜 그를 쫓게 하니 남산 문수사(文殊寺) 문밖에 이르러 광주리를 버리고 숨었는데 짚었던 지팡이는 문수보살상 앞에 있고, 마른 고기는 바로 소나무 껍질이었다. 사자가 와서 고하자 경흥은 이를 듣고 탄식했다. “문수보살이 와서 내가 말을 타고 다니는 것을 경계한 것이구나.” 그 뒤로 경흥은 죽을 때까지 말을 타지 않았다.

경흥이 뿌린 덕의 향기와 남긴 맛은 승려 현본(玄本)이 엮은 삼랑사

비문에 자세히 실려 있다. 일찍이 보현장경을 보니 미륵보살이 말했다. "나는 내세에는 염부제에 나서 먼저 석가의 말법 제자들을 먼저 제도할 것이다. 그런데 다만 말 탄 비구승만은 제외시켜서 그들에게는 부처를 보지 못하게 할 것이다." 그러니 어찌 경계하지 않겠는가.

찬해 말한다.

옛 어진 이가 모범을 보인 것은 뜻한 바 많았는데,
어찌하여 자손들은 절차(切磋) 하지 않는가.
마른 고기 등에 진 건 오히려 옳은 일이나,
다음날 용화(龍華) 저버릴 일 어찌 견딜까.

삼랑사에 대하여 문헌상으로 알려진 것은 위의 내용이 전부이다. '삼랑' 이라는 명칭은 세 사람의 화랑을 의미하는 것으로 받아들여지지만 그 세 화랑이 누구인지는 알 수 없다. 문무왕이 유언하고 신문왕이 그렇게 실천하여 국로로 삼은 경흥법사가 삼랑사에 머물렀던 것은 화랑과 어떤 특별한 인연이 있었기 때문이라는 추측도 가능하지만, 이 역시 확언하기는 어렵다.

주목되는 것은 문무왕이 국사로 삼을 것을 유언했을 정도의 고승인 경흥법사가 말을 타는 것을 문수보살이 경계했다는 내용의 설화다. 보현장경에도 미륵보살이 '말 탄 비구승만은 제외시켜서 그들에게는 부처를 보지 못하게 할 것'이라고 했다 하니, 오늘날 유명 사찰을 오르내리는 값비싼 승용차를 염려하지 않을 수가 없다. 아마도 문수보살과 미륵보살은 산 고기에서 쇳조각으로 바뀐 현대의 말을 무척 우려하고 계실지도 모를 일이다.

옹진 백령도

주소지가 인천광역시 옹진군 백령면인 서해 최북단의 섬 백령도는 인천항에서 배를 타고 서북쪽으로 173km나 가야 만날 수 있다. 원래는 우리나라에서 14번째로 큰 섬이었으나 몇 년 전 화동과 사곶 사이의 간석지 매립공사로 인해 여덟째로 큰 섬이 되었다고 한다. 백령도에는 사곶천연비행장, 심청각, 물개바위, 두무진, 콩돌해안 등 명소가 즐비하다. 특히 사암과 규암이 겹겹이 쌓여 깎아지른 듯한 절벽이 장관을 이루는 두무진은 그야말로 절경이다. 두무진 포구에서 연화리 앞바다까지 선대암, 병풍바위, 연인바위, 코끼리바위 등의 기암괴석이 약 4km에 걸쳐 이어진다.

이 섬에 사선으로 불리는 네 화랑이 유오했다고 한다.《삼국사기》에 "명산대천을 찾아다니면서 노닐되 아무리 먼 곳이라도 발길이 닿지 않은 곳이 없었다."고 한 대목을 실감하지 않을 수 없다.《신증동국여지승람》제43권 황해도 장연현조에는 김극기(金克己)의 시를 옮기고 있는데 여기에 사선이 언급되어 있다.

백령도 두무진의 기암괴석

높은 하늘 스치며 몇 번이나 성내어 날았나
외로운 섬 돌며 날다가 잠시 돌아가기를 잊었네
사선이 한 번 간 후에 알아줄 이 없으니
공연히 아름다운 옷 떨치며 석양에 서 있네.

《신증동국여지승람》에는 이어 남곤(南袞)의 〈유백사정기(遊白沙汀記)〉의 내용을 소개하고 있는데 다음과 같다.

아랑포(阿郎浦)는 서해의 깊숙한 지역이다. 산이 있어 연강(淵康)의 치소(治所) 북쪽에서 서쪽으로 뻗어왔는데, 푸르게 뾰죽뾰죽 솟고 구불구불 달려오기를 10리쯤 하다가 항구에 와서 멈춘다. 물이 있어 항구에서 거꾸로 꺾여 흘러 동쪽으로 가서 산을 따라 돌면서 콸콸 흘러 또 수십 리를 달리다가 언덕을 만나 움츠러졌고, 산이 그치는 곳에 당하여 끊어진 벼랑이 우뚝 일어났는데, 그 위에 긴 울타리를 설치한 것이 만호영(萬戶營)이다. 물이 움츠러진 곳에 당하여 큰 돌이 사람처럼 서있는 곳에 고기잡이배와 장삿배가 그 아래 정박하는 것은 입죽암(立竹巖)이요, 만호영에서 서쪽으로 바라보며 10여 리에 거울빛이 눈에 부시는데 푸른 봉우리 한 점이 거울에 임하여 뾰족한 것은 승선봉(勝仙峯)이요, 푸른 봉우리 절 밖에 눈더미가 공중에 솟고 푸른 솔과 푸른 수림이 그 밑을 둘러싼 것은 비로봉(毗盧峯)이요, 눈더미 아래에 평평한 모래가 희게 깔리고 긴 물가 멀고 가까운 곳에 해당화 붉게 나부끼는 것은 백사정이다. 저 승선봉과 비로봉은 정말 기이하고 빼어나기는 하지만, 높아서 추워 떨리니 정말 신선의 뼈를 가진 자가 아니면 오래 머물 수가 없고, 그 중에 아늑하고 수려하여

놀며 거닐기에 합당한 곳은 백사정만이 제일 좋으므로 가장 이름이 알려졌다. (중략)

멀리 만호영(萬戶營)쪽을 바라보니 횃불을 벌여 낮같이 밝게 하고, 우리들이 오기를 기다리다가 배가 가까워지니 군사들이 모두 갑옷을 입고 방패를 세우고 맞이한다. 배를 벼랑 아래 대고 북과 나팔을 울리며 여러 재관(材官)들도 각기 일어나서 춤을 추고, 돛 내리는 노래를 화답하고, 밤이 들어서야 파하였다. 이튿날 연강으로 돌아와서 어제 놀던 곳을 돌아보니 연파가 아득하고 아지랑이 안개 자욱하다. 정과 흥이 아련하여 친하고 사랑하는 이를 이별한 것 같아서 마음이 풀리지 않는다. 내가 일찍이 《여지승람》을 열람하다가 김극기의 〈백령도〉 시를 보니, '사선이 한 번 간 후에는 참으로 구경하는 이 없다.'는 구가 있으니, 신라 네 선랑의 무리가 서해 지경에서 두루 놀았던 것을 알았다. 아랑포에서 백령도까지는 물길로 하루길이고 보면 포구의 이름이 4선랑이 놀며 구경함으로 인하여 얻어진 것은 너무도 분명한 일이니, 그 이름을 아랑이라고 부르는 것은 당시 사람들이 4선랑의 풍모가 아름답고 뛰어난 것을 보고, 사랑하고 기뻐하며 칭찬하여 한 말인 것이다.

아깝게도 지방이 무식하여 글이 없고, 우리나라 사람들이 일을 좋아하지 않아서 저 네 선랑의 바람 수레 깃 일산놀이와 기린포·외·대추의 잔치로 하여금 파묻히게 하여 전함이 없게 되었도다. 하물며 우리들의 외로운 배와 짧은 돛대로 출몰부침하면서 한 제멋대로의 노래와 춤이야 한 번 지난 일이 되면 누가 다시 알 것이랴. 그러나 오히려 빙자할 것이 있다면 그것은 문자에 의탁하는 것뿐이다. 문자라는 것은 천지간의 썩지 않는 물건이다. 옛날부터 높은 사람 이름난 선비들로 강산의 좋은 경치에서 술 들며 논 자가 얼마인지 모르게 많

백령도 두무진의 코끼리바위

지만, 그 중에서도 오직 왕희지(王羲之)의 회계산음(會稽山陰)의 계
음(稧飮), 손흥공(孫興公)의 천태산(天台山)의 놀이, 이태백의 채석강
(採石江) 달구경, 소동파(蘇東坡)의 적벽강(赤壁江) 뱃놀이만을 지금
껏 사람들이 다투어가며 소상하게 어제 일같이 말하는 것은 다름이
아니라 문자가 있었기 때문인 것이다. 만일 저들 네 선량으로 한 번
화려한 문장을 펼쳐서 당시의 빼어난 일을 기록하였더라면, 만 길이
나 되는 광채가 동방에 빛나고, 집마다 전하며 사람마다 외우는 것이
저 몇 사람들의 글과 같은 데만 그칠 것이 아니다.

그렇다면 저 신선놀이의 자취를 전하지 못한 것은 지방에 글이 없는 허물뿐만이 아니라, 역시 네 선랑들 자신들이 이름 전하는 것을 탐탁히 생각하지 않았기 때문이기도 한 것이라 하겠다. 그러나 이름이라는 것은 실(實)의 손님이니 실이 없으면 이름이 설 곳이 없는 것이며, 문자라는 것은 또 이름의 끝이니 문자에 의탁하여 썩지 않으려고 생각하는 것이, 아 역시 끝이라고 하겠다. 이른바 실이라는 것은 무엇인가. 천지 가운데에 서서 우러러보면 하늘에 부끄럽지 않고, 내려다보면 땅에 부끄럽지 않으며, 사람에게 알리려 하지 않아도 사람들이 자연히 들어 알고, 천하 후세에 알리려 하지 않아도 천하 후세에서 자연히 알지 않을 수 없게 되는 것이니, 이런 것을 실이라고 하는 것이다. 그렇다면 우리 무리의 선비들은 어찌 또한 실에 힘쓰지 않을 것이랴. 연강(淵康)에 이른 날, 숙간과 청로가 모두 나에게 권하여 기문을 쓰라 하므로 사양할 수 없어서 대강 위와 같이 적는다.

고려시대의 시인 김극기가 사선이 유오했던 곳으로 시를 읊었고, 조선시대의 남곤이 그것을 확인하고 있다.

신라시대의 화랑으로 술랑·남랑·영랑·안상 네 화랑을 사선랑이라 일컫는데, 신라 이전 사람들이라는 일설도 있다. 《해동고승전》에는 "신라 역대의 화랑도 가운데 사선이 가장 현명하였다."고 하였고, 《파한집》에는 "3천여 명의 화랑 중에서 사선문도가 가장 번성하였다."는 구절이 있다. 그들은 특히 강원도 지역을 즐겨 다녀 그곳에 많은 자취를 남기고 있다. 고성해변에 그들이 삼 일을 놀고 간 삼일포, 통천에는 사선봉과 총석정, 간성에는 선유담과 영랑호, 금강산에는 영랑봉, 강릉에는 한송정·다천 등이 있다. 모두 사선이 놀던 곳이다.

사선의 명성은 후대에도 오랫동안 이어졌다. 고려 건국년(918)에 행해진 팔관회의 백희가무에는 사선악부(四仙樂府)가 포함되어 있었다. 매년 팔관회 행사가 베풀어질 때 사선의 전통이 가무로 표현된 것이다. 이인로는 "사선은 신라의 나그네, 한낮에 신선되어 하늘로 올랐네. 천 년 전 자취를 생각하니 삼신산 불사약의 효험이런가."라는 시를 남기고 있다. 특히 우리나라 고유의 선풍을 계승한 영랑은 향미산 사람으로 나이가 90세가 되어서도 안색이 어린아이 같았고, 노우관(鷺羽冠)을 쓰고 철죽장(鐵竹杖)을 짚으며 산수를 노닐었다고 전한다.

전국을 구석구석 누빈 사선의 발자취가 조금 더 선명하게 남지 않은 것이 유감이지만, 남곤의 말처럼 네 선랑 자신들이 이름 전하는 것을 탐탁하게 생각하지 않았던 결과인지도 모른다. 삼국통일 이후의 화랑들은 명승지를 유오하는 것을 그들의 큰 '성취'로 여겼을 수도 있다. 사선이 서해의 백령도까지 찾았다는 것은 삼국통일 후의 화랑들이 그런 성취감으로 전국을 누볐을 가능성을 말해주고 있다.

속초 영랑호 외

　영랑호(永郎湖)는 강원도 속초시 북쪽에 위치한 큰 석호이다. 석호란 바다의 일부가 바깥 바다와 분리되어 생긴 호수를 말한다. 주위가 약 7.8km, 수면의 넓이가 111만 평방미터의 규모로 영랑동·동명동·장사동에 접하고 있는 이 호수는 그 뛰어난 경관으로 인해 예나 지금이나 많은 관광객들이 찾고 있다.

　이 영랑호에도 사선이 들렀다. 사선이 금란에서 수련하고 돌아오는 길에 고성 삼일포를 거쳐 이 호수에 이른 것이다. 그들은 이 호수의 맑고 투명한 물빛에 마음을 빼앗겼다. 사선 중에서도 영랑은 이곳의 아름다운 풍광에 푹 빠져 뱃놀이와 낚시로 즐거움을 만끽했다. 영랑호란 이름도 이런 연유로 붙여진 것이다.

　《삼국유사》 백률사조에는 "세상에서는 안상(安祥)을 준영랑(俊永郎)의 무리라고 하나 이는 제대로 살피지 않은 것이다. 준영랑의 무리는 다만 진재·번완 등만의 이름이 알려져 있는데, 이들 또한 내력을 알 수 없는 사람이다."고 적고 있다. 이 기록에 나오는 준영랑이

영랑호 호반에 서 있는 범바위와 영랑정

곧 영랑으로 보인다.

　영랑호라는 명칭을 최초로 보이는 자료는 고려 충정왕 원년 (1349)에 쓰여진 이곡(李穀)의 《동유기(東遊記)》이다. 이 《동유기》에 사선이 영랑호를 순례한 기사가 있다. 고려시대에도 사선에 대한 흠모가 이어져 고려 태조 왕건은 팔관회의 행사에 선랑을 등장시켰다. 양가의 자제 네 명을 뽑아 아름다운 옷을 입혀 선랑으로 삼아 궁중에서 춤추게 한 것이다. 물론 네 명의 선랑은 곧 사선을 의미하는 것이었다.

　《삼국유사》 백률사조에는 효소왕이 대현살찬의 아들 부례랑을 받들어 국선으로 삼았다고 하고, 화려한 차림의 무리가 1천 명이었는데 그 가운데서도 유독 사선 중 1인으로 꼽히는 안상과 친하였다고 했다. 계사년 늦봄에 무리를 이끌고 금란에 놀이를 가서 북명 경계에 이르렀다가 부례랑은 그만 말갈족에게 붙잡혔다. 이때가 3월 11일이었는데 무리들이 어쩔 줄 모르고 그대로 돌아왔지만 안상만이 홀로 추적을 하였다. 이때 궁궐 창고 천존고에 보관하고 있던 만파식적과 거문고가 분실되는 일이 일어났다. 5월 15일 부례랑의 부모가 백률사 불상 앞에 나아가 며칠 동안 저녁 기도를 올리니 갑자기 향탁 위에 거문고와 피리 두 가지 보물이 보이고 부례랑과 안상 두 사람이 대비상 뒤에 나타났다는 이야기가 전한다.

금란은 지금의 통천 즉 금강산 일대를 말한다. 국선 부례랑이 안상 등 그의 무리와 더불어 금란을 순례한 시기는 효소왕 2년(693)이다. 《삼국유사》 경문왕조에는 또 국선 요원랑(邀元郎)·예흔랑(譽昕郎)·계원(桂元)·숙종랑(叔宗郎) 등이 금란을 유람했다고 적고 있다. 금란 지방은 동국 제일의 선경으로 알려져 왔다. 이 금란 지방은 화랑들이 동해안 순례를 할 때 주된 목표지였다. 화랑들은 수백 혹은 수천여 명이 무리를 지어 금성을 떠나 명주(강릉), 양양, 고성 등의 동해안을 거쳐 통천의 금란 지방에 이르렀다. 금란이란 《역경》 계사에 "두 사람이 마음을 같이 하면 그 날카로움이 쇠를 끊으며, 마음을 하나로 하여 하는 말은 그 향기가 난초와 같다."는 말에서 따온 지명이다. 말하자면 교우이신(交友以信)의 정신을 강조하여 붙인 이름이니 화랑과 관계가 밀접한 지역임이 지명에서도 드러난다. 금란지교의 정신으로 수련을 하던 곳을 그냥 금란(金蘭)이라 불렀고, 그런 수련처 때문에 그 지역을 금란현이라 했을 거라는 추측이 가능하다.

영랑호 정경. 뒤로 설악산이 보인다.

경상남도 함양군에서 지리산 천왕봉에 이르는 중도에 있는 어느 고개에 영랑재란 이름이 붙기도 했다. 사선이 전국 어디에든 찾지 않았던 곳이 없었으니, 신라 오악의 하나인 지리산에도 그들의 발자취를 남겼던 것은 이상할 것 없는 일이다.

조선조의 김종직(金宗直)은 함양의 지방관으로 재직하고 있을 때 지리산을 기행하고 〈두류기행록(頭流紀行錄)〉이라는 기행문을 썼다. 두류는 지리산의 별칭이다. 이 기행문에서 그는 영랑재에 대해 "연기와 안개가 자욱하여 멀리 바라보지 못하고 청이당(淸伊堂)에 당도하니, 판자로 된 집이었다. 네 사람이 각각 당 앞에 있는 시냇가 돌 위에 앉아 조금 쉬었다. 여기서부터 영랑재에 가기까지는 길이 극히 위급하여 뒷사람은 앞사람의 발밑만 보이고 앞사람은 뒷사람의 이마만 보일 정도이며, 나무뿌리를 잡아야만 능히 오르내릴 수가 있다. 해가 벌써 정오가 지났는데 비로소 영랑재 마루에 올랐다. 함양에서 바라보면 이 봉이 가장 높은데 여기오니 다시 천왕봉이 쳐다보인다. 영랑이란 이는 신라 화랑의 두령인데, 3천 문도를 거느리고 산수가에 노닐며 이 봉에 올랐기에 영랑재란 이름이 된 것이다."라고 적었다.

요즘 전국이 길을 내느라 법석이다. 이참에 영랑이 누볐던 길을 찾아보는 것도 의미가 있으리라 생각한다. 길을 걸으며 화랑정신을 떠올릴 수 있다면 더욱 멋진 걷기 프로그램이 될 수 있을 것이다.

오대산 상원사

관동의 3대 명산의 하나로 꼽히는 오대산은 화랑들이 즐겨 찾았던 수련지였을 것으로 짐작된다. 《삼국유사》는 각각 1천 명에 이르는 낭도들을 거느린 두 왕자가 오대산을 찾은 이야기를 기록하고 있다. 신문왕의 두 아들 보천(寶川)과 효명(孝明)의 이야기다. 《삼국유사》 탑상조에는 다음과 같은 내용의 글이 있다.

자장법사가 신라로 돌아왔을 때 정신대왕(淨神大王) 태자 보천(寶川)·효명(孝明) 두 형제《국사(國史)》를 살피건대, 신라에는 정신·보천·효명 3부자에 대한 글이 없다. 그러나 이 기록의 하문(下文)에 이르기를 신룡(神龍) 원년에 터를 닦고, 절을 세웠다고 하였는데, 곧 신룡은 성덕왕 즉위 4년 을사이다. 왕의 이름은 흥광(興光)이요, 본명은 융기(隆基)로 신문왕의 둘째 아들이다. 성덕왕의 형 효조(孝照)의 이름은 이공(理恭)이며, '공(恭)'을 '홍(洪)'이라고도 썼는데 역시 신문왕의 아들이다. 신문왕 정명(政明)의 자는 일조(日照)이다. 정신은 아마도 정명·신문의 와전인 듯하다. 효명은 곧

252

신라 성덕왕 4년에 창건되었다는 오대산 상원사

효조의 '조(照)'를 '소(昭)'로 쓴 데서 온 와전인 듯하다. 기록에 이르기를, 효명이 즉위하고 신룡 연간에 터를 닦고 절을 세웠다고 말한 것도 역시 분명치 못한 말이니, 신룡 연간에 절을 세운 이는 성덕왕이다.)가 각기 1천 명의 무리를 이끌고 하서부(河西府)에 이르러, 세헌(世獻) 각간의 집에서 하룻밤을 묵었다.

이튿날 큰 고개를 넘어 각각 무리 천 명을 거느리고 성오평(省烏坪)에 도착하여 여러 날을 유람하더니, 문득 어느 날 저녁에 형제 두 사람이 속세를 벗어날 뜻을 은밀히 약속하고 아무도 모르게 도망하여 오대산에 들어가 숨었다. (고기(古記)에 이르기를 "태화 원년 무신 8월 초에 왕이 산중에 숨었다."고 하였으나, 아마 이 글은 크게 잘못된 듯하다. 살피건대 효조 천수(天授) 3년 임진(692)에

신라 성덕왕 24년에 주성된 동종. 국보 제36호.

즉위하였는데 그때 나이 열여섯 살이었다. 장안(長安) 2년 임인
(702)에 죽으니 그때 나이 스물여섯 살이었다. 성덕왕이 이 해에
즉위하니 나이 스물두 살이었다. 만약 태화 원년 무신이라면 효조
가 즉위한 임진보다 이미 45년이나 앞섰으니, 곧 태종무열왕의 치
세이다. 이로써 이 글이 잘못된 것을 알 수 있으므로 이를 취하지
않는다.) 시위하던 자들이 돌아갈 바를 알지 못하여 이에 서울로 돌
아갔다.

두 태자가 산 속에 이르자 갑자기 푸른색 연꽃이 땅을 뚫고 올라왔으므로 이곳에 형이 되는 태자가 암자를 지어 살았는데, 이를 보천암이라 하였다. 여기에서 동북쪽으로 600여 보 가량 가니, 북쪽 대의 남쪽 기슭에도 푸른색 연꽃이 핀 곳이 있었으므로 동생 효명 또한 암자를 짓고 머물면서 각각 부지런히 업을 닦았다.

보천 태자는 오대산에 진여원(眞如院)을 세우는데 상원사가 그곳이다. "각기 무리 천 명을 거느리고 성오평(省烏坪)에 이르러 여러 날을 유람하더니"라고 한 대목에서, 두 왕자가 낭도를 거느린 화랑의 위치에 있었음을 짐작할 수 있다.

삼국통일 전의 화랑들은 과녁을 향해 날아가는 화살처럼 통일이라는 뚜렷한 목표를 지향하며 살았다. 통일 후의 화랑들은 마치 과녁이 사라진 듯한 느낌을 느꼈을 것이다. 그렇더라도 무리를 지어 산천을 찾아다니며 수련하는 유풍이 금방 없어지지는 않았다. 《삼국유사》에 전하는 두 왕자 보천(寶川)과 효명(孝明)의 이야기는 통일 후 낭도들에게 지향점을 제시하는 데 어려움을 겪는 화랑의 모습을 보여주는 듯하다. 결국 두 사람은 불교에 귀의하는 것으로 그들의 세속적인 부담을 벗어버렸다.

이 이야기는 다른 의미를 함축하고 있기도 하겠지만, 지도자는 그를 따르는 무리들에게 같이 나아갈 바를 제시할 수 있어야 한다는 메시지를 던져주고 있다. 그 방향의 타당성을 추종자들에게 설득할 수 있어야 하는 것은 물론이다.

울진 월송정 외

월송정은 경북 울진군 평해읍 월송리에 위치한 누각이다. 청송이 울창하고 백사장이 끝없이 펼쳐지는 이곳은 관동팔경의 하나로 꼽힐 정도로 풍광이 수려하다. 고려시대에까지 신라 화랑과 낭도들이 심었다고 전해지는 1만여 그루의 소나무가 있었다고 한다.

전국을 주유했던 사선 곧 영랑, 술랑, 남랑, 안상 네 화랑들이 이곳을 거치면서 '월송정'으로 부르게 되었다는 이야기가 전한다. 팔각지붕, 주심포, 고상누각으로 이루어진 이 정자는 고려시대에 창건되었고, 조선 중기와 1933년에 중건되었다. 현재의 모습은 1980년에 복원된 것이다.

최치원이 현묘지도(玄妙之道)라고 표현한 바의 풍류도를 실천하고자 명산대천을 순유했던 신라 화랑들은 월송정을 비롯한 동해안의 승경을 만끽했던 것으로 보인다.

강원도 강릉시에서 동북쪽으로 약 7km 가면 동해에 면하여 경포

강릉 경포대

호(鏡浦湖)가 있고 그 가장자리에 경포대가 있다. 둘레 약 8km의 경포호수와 솔밭이 펼쳐지는 가경이다. 이곳 경관은 관동팔경(關東八景) 중에서도 첫 손에 꼽히는 곳으로, 경포대를 위시하여 모두 열두 개나 되는 누각·정자가 자연과 어울어진다.

경포대 역시 화랑들이 선호한 순례지의 하나로 사선이 유오했던 곳이다. 사선의 유오지는 전국에 산재해 있으나 금강산과 총석정, 선유담, 삼일포, 영랑호, 경포대, 한송정, 월송정 등이 있는 동해안을 가장 즐겨 찾았을 것으로 짐작된다.

　총석정은 관동팔경의 하나로서 휴전선 이북의 강원도 통천군 고저읍에 있다. 주위에 현무암으로 된 돌기둥이 바다 가운데 늘어 서 있어서 독특한 선경을 이루고 있는 곳이다. 이 가운데 네 개의 큰 돌기둥이 모두 6각형으로 되어 있고, 정자가 해안 절벽에 솟아 있어 총석정이라 하였다. 이 네 개의 돌기둥을 사선봉이라 한다. 사선봉의 사선은 물론 사선으로 일컬어지던 네 화랑을 말한다.

　이곡(李穀, 1298~1351)은 고려 충숙왕 때의 문인으로서 사선의 수련지를 기행하고 〈동유기(東遊記)〉라는 기행문을 썼는데, 그는 이 글에서 "사람들의 말에는 신라시대에 영랑, 술랑, 남랑, 안상 등 네 사람의 선동이 그의 낭도 30인과 이 바다에서 놀았다."고 전해지는 말을 언급하였다. 그의 증언처럼 사선을 비롯한 많은 화랑·낭도가 이곳에서 신체를 단련하고 무예를 연마하며 호연지기를 길렀던 것을 짐작할 수 있다.

　옛 중국 사람들도 고려에 태어나서 금강산을 한 번 보는 것이 소원이라 했을 정도로 금강산의 경관은 수려하다. 이 절경의 금강산은 화랑들에게 다시없는 수련지였을 것이다. 여기에도 영랑봉이라는 이름의 봉우리가 있다.

　역시 휴전선 이북의 강원도에 소재한 화랑 유적지로 삼일포가 있다. 사선이 이곳의 경지에 취해 3일 동안 머물렀다고 해서 얻은 이름이 삼일포다. 사선을 비롯한 옛 화랑들은 대자연 속에서 자연과 일체

울진군 평해읍 해변의 월송정

가 되어 자신의 품성을 도야했다. 많은 젊은이들이 한 데 어울려 순유하며 풍류를 즐기고 도의를 연마함으로써 자신들이 속한 공동체의 정체성을 확인할 수 있었다. 그들이 대의를 위해 다투어 앞장서는 화랑정신도 이런 단체활동을 통해 다져졌다. 삼국의 통일이 신라인에 의해 이루어지고, 통일신라의 문화가 오랫동안 아름답게 꽃필 수 있었던 것은 신라에 이런 화랑정신이 있었기 때문임은 이론의 여지가 없다.

5
화랑정신으로 배우는 리더십

화랑정신으로 배우는 리더십

1.

기원전 18년 온조왕에 의해 건국된 백제는 제31대 의자왕 재위 20년(660)에 멸망했다. 화려하고도 독특한 문화를 꽃피워 바다 건너 일본에까지 강한 영향을 끼쳤던 700년 역사의 왕국 백제를 의자왕은 계속 지켜내지 못한 것이다. 백제의 마지막 군주 의자왕은 한때 해동 증자라 불리기도 했고, 온조왕과 근초고왕의 현신이라 칭송될 정도로 백성들의 신망을 모았던 왕이었다. 그런 그가 망국의 주범이 되어 버렸다.

의자왕은 1만 2천여 명의 백제 백성들과 함께 포로가 되어 당나라로 끌려갔다. 이민족의 일개 장수의 손에 목숨을 맡긴 채 백성들과 함께 포로로 끌려가는 처지가 된 의자왕은 지독한 후회로 가슴을 쳤을 것이다. 자신도 어찌 할 바 없는 약한 국력으로 전전긍긍하다 당한 일이라면 그 낭패감이 덜했을는지도 모른다. 그러나 그는 즉위한 이듬해(642)에 신라 40여 개의 성을 빼앗기도 했고, 불과 5년 전인 재위 15년(655)에는 고구려·말갈과 연합하여 신라 북쪽 변경의 33개 성을 공취하는 개가를 올리기도 했다. 그랬던 그가 졸지에 당나라 군사의 포로 신세가 되어버린 것이다.

백제 패망의 원인을 여러 가지로 말할 수 있겠지만, 책임의 가장 큰 부분은 역시 의자왕의 몫이다. 일연이 《삼국유사》에서 질책의 의미를 담아 기록하고 있는 바와 같이 '주색에 빠져 나라를 위태롭게 만들고, 성충과 같은 충신의 충간을 묵살'한 그가 국가 존망의 위기를 맞아 이를 극복할 만한 지도력을 발휘하기란 무망한 일이었다. 백제 멸망 직전 나타났다는 숱한 불길한 조짐은 의자왕의 지도력에 대한 불신의 다른 표현이라고 해도 무방할 것이다. 무너진 의자왕의 리더십과 함께 백제도 무너졌다.

고구려의 멸망 역시 지도력 붕괴로 인해 무너진 백제와 그 맥을 같이 한다. 기원전 37년 주몽이 건국한 고구려는 제28대 보장왕에 이르러 멸망하고 만다. 700년 넘게 굳건히 서 있던 나라가 일거에 무너져버린 것이다. 고구려가 어떤 나라인가? 수 양제의 113만 대군을 물리친 나라, 영걸 당 태종이 이끄는 정예를 격퇴한 나라가 고구려였다. 그런 나라가 무기력하게 망해버렸다.

고구려는 최고의 권력을 쥔 형제들이 불화하여 지도력을 상실하고 멸망을 재촉했다. 연개소문의 장남 남생(男生)은 동생에게 배신당하자 고구려를 배반했고, 형을 배반하고 권력을 쥔 동생 남건(男建)은 고구려와 함께 몰락했다. 역사는, 자질이 모자란 인물들이 권력을 쥐게 되면 자신과 그 공동체 모두에게 불행을 안긴다는 교훈을 너무도 생생히 보여주었다. 연개소문의 자식들이 그 교훈을 얻는 데 지불했던 대가는 너무도 컸다. 고구려 보장왕과 남산(男産)·남건(男建) 형제 역시 당나라로 끌려갔다. 끌려가는 그들은 700년 역사의 조국 고구려에 자신들이 어떤 짓을 했다는 것을 제대로 느끼기나 했을까?

그들이 크게 후회했다한들 역사의 수레바퀴는 이미 굴러간 뒤다. 시간을 되돌릴 수는 없는 노릇이다.

권력자는 누구든 자신의 손아귀에 있는 힘이 계속 지속되기를 바란다. 하지만 결과는 그들의 희망대로 되는 것이 아니라 그들이 취했던 판단과 행동에 따라 나타난다. 백제와 고구려의 지도자들은 교만과 시기심에서 비롯한 오판으로 자신의 권력을 잃는 것은 물론 700년 역사의 왕국을 멸망의 구렁텅이로 몰아넣었다.

임금과 신하가 불신하고 권력을 쥔 형제들이 분열한 백제·고구려와는 달리 신라는 결집했다. 임금과 신하가 단결했고 상하가 힘을 모았다. 신라의 지도자들이 최고의 지도력을 발휘한 근저에는 화랑정신이 자리하고 있다. 화랑 풍월주 출신인 김유신이나 무열왕 김춘추는 교만한 모습을 보이거나 남의 공로를 시기하는 비린한 마음을 드러내지 않았다. 화랑정신으로 호연한 기상을 닦은 그들은 지도자로서 스스로 절제했고, 서로를 신뢰했고, 겸손했고, 공사구분을 엄격히 했다.

이런 지도층의 자세의 차이가 신라·고구려·백제의 국운을 갈랐다.

2.

삼국의 지도자들은 자신의 자식에 대한 태도에서도 그 차이를 드러냈다. 백제와 고구려의 권력자들은 자기 자식들에게 특혜를 베풀어 내부 분열의 불씨를 지폈고, 신라의 지도자들은 자신의 자식들을 먼저 희생하여 공동체를 하나로 묶었다.

백제의 관제에는 6좌평이 있었다. 명령의 출납 업무를 담당하는 내

신좌평, 창고 저장 사무를 관장하는 내두좌평, 의례 업무를 맡은 내법좌평, 수직·시위 등의 군사 관련 사무를 담당한 위사좌평, 형벌과 옥사에 관한 업무를 맡은 조정좌평, 지방 군사에 관한 사무를 담당하는 병관좌평이 그것이다. 의자왕은 재위 17년(657)에 그의 서자 41명을 좌평으로 삼고, 각각 식읍을 주었다고 《삼국사기》는 기록하고 있다. 6대신이 국가의 업무를 관장하는 제도가 6좌평제인데 41명의 자식에게 그 직위를 주고 식읍을 하사한 것이다. 하늘도 권력자의 그런 불공정한 힘의 행사가 매우 불만스러웠던 모양이다. 그 해 백제는 크게 가뭄이 들어 논밭이 붉은 땅이 되었다고 한다.

연개소문은 자신의 세 아들에게 일찍부터 각급 단위 기관이나 부대의 지휘관직을 맡겼다. 장남인 남생(男生)은 초고속 승진으로 불과 24세에 장군이 되었고, 28세에는 막리지 삼군대장군(三軍大將軍)이 되었으며, 연개소문 사망 직후인 665년에는 32세의 젊은 나이로 태대막리지(太大莫離支)가 되어 최고의 군권을 움켜쥐었다. 연개소문은 남산과 남건에게도 군권을 나누어 주었다. 당연히 자신의 자식들이 서로 협력하여 권력을 함께 지키기를 바랐을 것이다. 그러나 그가 취한 방법은 자식들의 허세와 시기심만 키웠을 뿐 지도자의 자질을 키우지는 못했다. 결국에는 자식들을 망쳤을 뿐 아니라 700년 역사의 대국 고구려를 망치고 말았다.

신라는 달랐다. 김춘추가 자식들을 당나라 숙위로 보냈고, 김흠순과 김품일은 자신의 자식들을 황산벌 제단에 바쳤고, 김유신은 장렬하게 전사하지 못한 원술랑을 매정하게 내쳤다. 피도 눈물도 없어 보이는 이런 '지도층의 희생'은 국가를 살렸고, 그들 백성들의 희생을 줄었다. 오늘날 이런 방법의 희생을 지도자들에게 요구하기는 어렵다. 하지만 '지도층의 솔선수범'이 필요한 것은 예나 지금이나 마찬가지다.

신라는 화랑정신으로 솔선하여 희생하는 지도자들을 양출할 수 있었다. 삼국통일이란 나중의 일일 뿐, 삼국의 승패는 일찌감치 나 있었는지도 모른다. 신라에 화랑정신이 움텄을 때부터.

3.

신라가 삼국을 통일하기까지 당시의 지도자들이 보여준 리더십은 오늘날의 지도자들에게도 강한 메시지를 던져주고 있다. 그 핵심에 자리하고 있는 것 중의 하나가 '협력'이다. 태종무열왕은 외교로 끌어내는 협력은 물론 임금과 신하 사이의 협력이 무엇보다 소중하다는 것을 깊이 깨우친 지도자였다. 개인의 역량으로 봐서 무열왕에 결코 뒤지지 않았을 의자왕이 '패망 군주'라는 치욕의 오명을 역사에 남기게 된 것은 후반기에 드러나는 그의 자만으로 군신간의 협력을 이끌어내지 못한 데 기인한다. 강한 카리스마의 지도자였던 연개소문도 자식들이 협력관계를 유지하도록 하는 데 힘이 미치지 못하였다. 그의 자식들이 굳건한 협력관계를 유지할 수 있었더라면, 고구려가 그렇게 무기력하게 패망하지는 않았을 것이다.

화랑과 낭도, 장군과 병사 사이의 관계도 협력이라는 코드로 이해할 수 있다. 여느 인간들과 마찬가지로 신라인들도 여러 갈등의 요소가 있었다. 《화랑세기》는 풍월주 아래의 낭도들이 출신에 따른 마찰을 적잖이 겪었던 것을 보여주고 있다. 내부에 불안 요인이 있었음에도 불구하고 신라는 협력으로 그 어려움을 극복하였다. 김유신이나 김흠순과 같은 리더들은 자기희생으로 아랫사람의 자발적 협력을 이끌어내었다. 전장에서 숱한 신라의 젊은이들이 결연한 의지로 목숨을 바쳤던 것은 지도자와 구성원들의 상호신뢰를 통해 이뤄낸 협력의 한 양상이었다.

오늘날 지도자들의 성패 역시 대내외의 협력관계 구축 여하에 달려 있다고 할 수 있다. 스웨덴 사람들이 '국민의 아버지'로 지칭하며 존경하는 타게 에를란데르(Tage Erlander, 1901-1985) 전 총리가 발휘했던 지도력의 요체도 역시 '협력'이었다. 그가 11번의 선거를 승리로 이끌며 집권한 23년 동안 끊임없이 노력한 것은 대화와 타협을 통한 국민들의 상호협력이었다. 그는 "나는 총리가 될 만한 재목이 못되는 사람이다. 하지만 젊은 나를 지지해준 동지, 그리고 나를 후원해주는 국민을 위해 희생하라는 명령을 거부할 수 없었다."며 겸허한 태도로 다른 사람의 이야기에 귀를 기울이고, 서로 대립관계에 있는 이들을 매주 저녁식사 자리에 초대하여 대화를 통한 협력의 길을 모색했다. 그렇게 협력의 길을 튼 지도자 덕분에 지금 스웨덴은 가장 모범적인 복지국가로 자리를 잡았다.

'국가가 국민의 집이 되어야 한다'는 생각으로 스웨덴을 복지국가로 이끈 타게 에를란데르 총리가 스스로 은퇴하기를 결정한 68세 때에 정작 그 자신은 집 한 채 없었다고 한다. '정치인으로서 국민과 국가를 위해 희생할 각오가 되어 있는지'를 자문하며 스스로에 엄격했던 그의 리더십은 상당히 다른 모습이지만 우리 화랑정신과 일맥이 통한다.

4.

우리나라에도 이 시대, 이 사회를 이끌어가는 수많은 지도층 인사들이 있다. 종교계, 교육계, 정치계, 경제계, 문화계 등등의 분야에서 애쓰는 많은 지도자들의 노고에 힘입어 이 사회가 굴러가고 있는 것은 사실이다. 그러나 존경받는 지도자를 찾기가 그리 쉽지 않다. 무엇 때문일까?

여러 가지 이유가 있을 것이다. 그 이유 중 한 가지는 분명하다. 가진 자의 '도덕적 의무'를 고민하는 지도자가 별로 없다는 것이다. 권력을 쥔 사람이든 재력을 가진 사람이든 가졌기 때문에 가져야 할 '도덕적 의무'는 안중에도 없는 듯하다. 오히려 자신이 가진 정보·금력·권력을 이용해 더 많이 가지기만을 안달하는 '탐욕'이 횡행하고 있을 뿐이다. 끊임없이 쏟아져 우리 삶의 질을 떨어뜨리고 있는 '가진 자의 비리' 소식이 우리 사회에 만연한 탐욕의 현주소를 말해주고 있다.

맹자는 양혜왕에게 자신이 생각하는 왕도정치론을 피력했다. '임금이 이익을 탐하면 대부·선비·백성에 이르기까지 모두가 자신의 이익을 챙기는 데 혈안이 되어 결국 나라를 위태롭게 만들고, 임금이 의리를 중히 여긴다면 상하가 의리로 서로를 지켜 나라가 굳건해진다'는 취지의 이야기다. 지도층이 '차지하기'에 여념이 없느냐 아니면 '도덕적 의무'에 눈을 돌리느냐, 그 여부에 따라 구성원들의 삶의 질이나 공동체의 운명이 달라지는 것은 전국시대나 21세기나 마찬가지다.

백제와 고구려 몰락의 원인이 되었던 분열과 불화도 그 표피를 벗

겨보면 도사리고 있는 것은 '탐욕'이다. 교만의 숙주 구실을 하는 탐욕은 권력자 자신만 망치는 데 그치지 않고, 그가 이끄는 공동체를 위험에 빠뜨린다. 연개소문의 자식들과 의자왕이 7백 년 전통의 왕국을 통째로 허물어 우리에게 일러준 역사의 메시지다. 지금의 우리가 신라의 지도자들이 가졌던 '도덕적 의무' 의식이 내재된 화랑정신을 주목해야 할 이유이기도 하다.

5.

'지구촌'이라는 말이 이제는 익숙해졌다. 세계가 하나의 생활권으로 가까워져 이전에는 낯설었던 이민족의 문화도 한결 친근하게 되었다. 이 시대를 사는 사람들에게 이런 변화가 일어난 것은 사실이다. 그러나 실상은 어떠한가? 여전히 세계 곳곳에서는 같은 시대를 사는 지구촌 주민들끼리 이런저런 모양의 험악한 싸움을 벌이고 있다. 여러 가지 이유가 있겠지만 그 다툼의 깊숙한 곳에는 예외없이 가진 자의 탐욕과 교만이 자리하고 있다.

세계는 좁아졌고 또 매우 복잡하고 다양해졌다. 다양한 가치관의 개인이 디지털에 힘입은 다양한 통로를 통해 갖가지 지식·정보를 접하고 다양한 활동을 시도할 수 있는 것이 이 21세기다. 격리된 공간에서 한 개인이나 소수의 사람들이 자신의 의식과 기술이 허락하는 대로 엄청난 일을 벌일 수도 있는 이 시대는 지구촌 주민들이 공존을 위해 공유해야 할 '소중한 가치'에 대한 고민을 더욱 필요로 한다. 소중한 가치가 소중한 만큼 그것을 공유하는 데 큰 역할을 할 지구촌 지도층의 의로운 신념이 더욱 중요해졌다.

지구촌이 안고 있는 문제는 한두 가지가 아니다. 빈곤, 질병을 극복하고 환경을 지키는 것과 같은 기본적인 문제에다 종교, 인종, 자원 등등에 얽힌 갖가지 문제가 실타래처럼 얽혀있다. 끝없는 욕망의 고삐에 이끌려가는 현대인들의 각박한 삶은 '삶의 의미'에 대한 진지한 질문마저 조롱거리로 만들고 있다. 종종 접하게 되는 '벼랑 끝에서 극단의 선택을 하는 어린 약자들의 안타까운 소식'도 무분별한 탐욕의 경쟁을 부추기는 사회가 초래한 비극의 하나다.

여러 분야에서 지구촌을 이끌어가는 지도층의 위치에 있는 사람이나 조직 혹은 국가라면 이들 문제에 관한 '도덕적 책임'을 깊이 느껴야 한다. 'G2'거나 'G8' 혹은 'G20'로 불리며 지구촌의 리더로서의 위치를 감당하고자 하는 국가들은 앞장서서 올바른 책임의식을 가진 지도자를 길러야 한다. 그런 지도자를 얼마나 양성하느냐에 따라 지구촌의 미래가 결정된다.

대스승 공자는 정치에 대해 묻는 노나라의 실력자 계강자에게 '정치란 바르게 행하는 것'이라고 대답하면서, '그대가 솔선하여 바르게 행한다면 누가 감히 바르게 행하지 않겠느냐'고 덧붙였다. 지도자가 먼저 모범을 보이라는 요구다.

7세기 삼국통일을 이룬 신라의 지도자들은 화랑정신으로 자신을 갈고 닦아 솔선하여 모범을 보였다. 그들은 교만하지 않았고 탐욕에 빠지지 않았다. 서로 배려했고, 협력했고, 자신의 소중한 것을 먼저 희생했다. 그런 리더십의 지도자가 이끌었던 신라는 오랫동안 통일시대의 황금기를 구가했다. 숱한 난제가 난마처럼 얽힌 가운데 개인 혹은 집단별로 갖가지 욕망을 분출하며 살아가고 있는 21세기 지구촌에서는 뛰어난 리더십을 갖춘 지도자의 필요성이 더욱 커졌다. 우리가 새삼 화랑정신을 주목하는 이유다.

화랑정신의 짙은 향기가 감도는 유적지를 거닐며 이 시대를 이끌 지도자다운 지도자들의 등장을 간절한 마음으로 빈다.

참고한 책

『교감 삼국유사』(민족문화추진회, 1982)
『국역 삼국사기』(이병도 역, 을유문화사, 1983)
『국역 신증동국여지승람』(민족문화추진회, 1996)
『나당전쟁 연구』(이성훈, 주류성출판사, 2012)
『대역 화랑세기』(이종욱 역주해, 소나무, 2009)
『사가집』(고전번역총서, 한국고전번역원, 2013)
『삼국사기연구』(신형식, 일조각, 1981)
『삼국사기의 원전 검토』(정구복 외, 한국정신문화연구원, 1995)
『삼국유사』(김원중 역, 을유문화사, 2002)
『삼국유사의 신연구』(신라문화선양회, 1980)
『삼국유사의 연구』(동북아세아연구회, 중앙출판, 1982)
『삼국유사의 종합적 검토』(한국정신문화연구원, 1987)
『역주 삼국사기 1.2.3.4.5』(정구복 외, 한국정신문화연구원, 1997.1998)
『파한집 역주』(고려대학교 한국사연구소, 경인문화사, 2013)
『필사본 화랑세기를 통해 본 화랑기원사』(임범식, 도서출판 혜안, 2003)
『한국 고시가의 연구』(윤영옥, 형설출판사, 1995)
『화랑세기, 또 하나의 신라』(김태식, 김영사, 2002)
『화랑의 얼』(화랑교육원, 도서출판 동반, 2011)
『화랑의 유적지』(화랑교육원, 명심인쇄사, 2001)